AF293629

Couverture : Postanthropia – Nathan Colot

L'ensemble des nouvelles et des œuvres présentes dans cette revue reste la propriété exclusive de leurs auteurs. L'ensemble des droits leur est réservé.

© 2020 Association Le Faune – Arts et Littératures d'Outre-Mondes
ISSN 2680-7092
Éditeur : BoD-Books on Demand
12-14 rond-point des Champs-Élysées, 75008 Paris
Impression : Books on Demand, Norderstedt, Allemagne

ISBN : 9782322221110
Dépôt légal : Avril 2020

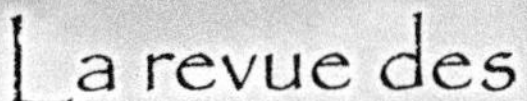

La revue des

Cent Papiers

Du Faune - Arts et Littératures d'Outre-Mondes

Hors-série n° 1 - Numéro collaboratif

FSC
www.fsc.org
MIXTE
Papier issu
de sources
responsables
Paper from
responsible sources
FSC® C105338

Propos préliminaires aux voyages

Pour ce premier hors-série, les auteurs et artistes de la revue se sont adonnés à un exercice collaboratif ambitieux : écrire une nouvelle à cinq ou six.

On aurait pu douter de la lisibilité du résultat, d'aucuns avaient même exprimé leur circonspection, affirmant que c'était sympathique à réaliser pour les auteurs mais peu qualitatif pour le lecteur. Ils n'avaient raisons qu'en partie : les participants se sont bien pris au jeu !

En ce qui concerne la qualité des nouvelles, elles ont de grandes qualités, font montre d'ingéniosité et démontrent un vrai effort d'harmonisation entre les différents styles de narration.

Le défi, réellement difficile, a été relevé haut la main. Tournez vite les pages pour découvrir le fruit – fantastique - de leur travail.

Le Faune – Arts et Littératures d'Outre-Mondes

Nota Bene : N'hésitez pas à soutenir le Faune en achetant la revue si vous le pouvez, les fonds serviront à payer les factures de l'association et à promouvoir la revue. De plus, 2 € sont systématiquement reversés à l'association Sea Shepherd sous forme de don pour chaque exemplaire papier acheté !

Sommaire

Les émissaires

La gangue rocheuse qui protégeait le bolide se désagrégea à l'approche de la Terre, puis ce fut au tour du projectile lui-même de s'ouvrir. Les cinq fuseaux métalliques libérés se séparèrent et entamèrent leur trajectoire d'approche, dissimulés par la Lune. Chacun décrivit une large courbe avant de pénétrer l'atmosphère, suffisamment rapide pour être confondu avec une météorite de taille moyenne.

Deux s'insinuèrent dans les glaces, aux endroits exacts des Pôles. Le troisième plongea dans l'océan Pacifique et s'enfonça au plus profond de la fosse des Mariannes, jusqu'à atteindre le Challenger Deep. Le suivant pénétra la croûte terrestre à la jonction de l'Équateur et de la dorsale atlantique.

Le dernier survola les six continents en moins d'une heure, avant de quitter définitivement l'orbite de la planète. Hormis les rares témoignages visuels, rendus peu crédibles par la vélocité extrême du phénomène, aucune trace radar ne fut enregistrée.

*

Les quatre dispositifs patientaient depuis trente ans. Trente années pendant lesquelles les cinq émissaires déposés par la dernière navette avaient grandi, s'étaient lentement développés au sein de leur hôte. Avaient gagné en maturité. Mûri leur projet.

Pris le contrôle de leur symbiote.

Depuis la cour d'Alcatraz, Thierry observa avec une certaine mélancolie le port de San Francisco. Il aimait cet endroit : les mouettes dispersées parmi les jardins abandonnés, le panorama qui épousait le nord de la baie, le Golden Gate émergeant de son lit de brume comme les mâts d'un bateau fantôme. Le silence avant l'arrivée du premier ferry et sa cargaison de touristes. L'odeur marine... Perdre tout cela lui aurait arraché le cœur, s'il en avait possédé un. Son regard courut une dernière fois sur Fisherman's Wharf ; il laissa se dessiner un sourire en songeant à ces centaines de sandwiches aux crevettes qu'il ne goûterait plus jamais. Nathalie, Arthur, Samiki et Ange partageaient-ils ce sentiment d'abandon, aux quatre coins du monde ?

Le cri perçant d'une mouette le ramena à la réalité. La mission primait sur tout le reste. Ils le savaient tous. Pas le choix.

Il descendit jusqu'au quai, embarqua sur le bateau et démarra le moteur, direction Sausalito. De là, il emprunta le Big Bus pour apprécier une dernière fois la ville, puis grimpa dans le BART pour rejoindre l'aéroport. Il ressentit un léger pincement en voyant défiler les plages du Pacifique, avant que le long courrier ne bifurque vers le Nord-Est, droit vers le Canada.

Maintenant que la date convenue approchait, il ne pouvait s'empêcher de douter. Il estimait avoir reçu la part la plus aisée du travail : Le Golden Gate et la tour Eiffel serviraient de relais évidents, mais les autres émissaires parviendraient-ils à accomplir leur tâche dans les temps ?

Il lut une fois encore la plus récente publication d'Ange, puis celle d'Arthur. Les récits complétaient parfaitement les dernières œuvres de Nathalie et Samiki. Depuis trois ans, chaque parution de l'un des cinq artistes leur permettait de communiquer à travers le monde en toute quiétude, afin de se coordonner, sous couvert de récits imaginaires. Les noms des personnages, les évènements clés, les lieux décrits, les couleurs évoquées : tous ces éléments codifiés de longue date leur permettaient de progresser sur leur projet commun, sans être remarqués par la race humaine. Chaque nouvelle anthologie, chaque publication spécialisée, chaque article sur le web leur accordait le moyen de diffuser aux autres leur rapport de façon large, leurs occupations réelles exigeant d'eux qu'ils voyagent presque constamment.

Les doigts de Thierry couraient sur le clavier de son ordinateur portable avec une certaine ivresse. Il ne remarqua même pas le défilé des glaciers condamnés du Groenland, de l'autre côté du hublot. Leur ultime communication, rédigée de manière collective, s'adresserait cette fois à leur unité-relais dissimulée au cœur de la ceinture d'astéroïdes, sous la forme d'un enregistrement audio voyageant à la vitesse de la lumière. Le jeu de paramètres introduit dans le texte déclencherait en retour une activation adaptée des dispositifs installés aux points stratégiques du globe.

Alors ce monde ne serait plus jamais le même.

Il s'arrêta un moment pour consulter les actualités internationales : glissement de terrain en Amazonie. Éruption sous-marine près de Mayotte. Nouveau trou béant dans le pergélisol sibérien. Et comme toujours, il s'interrogea sur la nature réelle de ces évènements.

Leur intervention devenait urgente.

La segmentation des rôles assurait à leur mission une sécurité relative. En cas de découverte, aucun d'entre eux ne disposait d'informations suffisantes pour mettre en péril l'ensemble de l'opération. Hormis le nom de leur hôte, Thierry n'avait rien su jusqu'ici de la tâche exacte des autres, ni de leur emplacement sur la planète. Dans deux jours, en France, leurs retrouvailles signeraient l'enchaînement d'évènements irréversibles.

*

L'e-mail était arrivé pendant son escale en Allemagne. L'éditeur lui annonçait que l'un des quatre autres artistes serait dans l'impossibilité de venir au rendez-vous, mais que ce dernier était tout de même parvenu à expédier sa contribution quelques heures plus tôt. Il achevait son message en déclarant que ce n'était que partie remise.

Thierry relut son manuscrit, l'esprit préoccupé. L'absence signifiait qu'il était arrivé quelque chose à l'un d'entre eux, et dans ce cas, ils pouvaient tous être en danger. Il accéléra le pas pour rejoindre l'embarquement ; le vol pour Paris décollerait dans quarante-cinq minutes.

*

L'auteur tendit la clé USB à l'éditeur et le regarda s'éloigner vers l'ordinateur en se demandant si cet homme était réellement celui qu'il prétendait. Son prénom, Lancelot, était-il une marque tacite de reconnaissance, ou un pur fruit du hasard ?

À présent que le projet touchait au but, cet élément lui apparaissait comme une évidence : cet homme devait obligatoirement être dans la confidence afin de rendre possible cette aspect de l'opération. Il se demanda un instant s'il appartenait à leur race, ou s'il était réellement humain, bien qu'il s'expliqua difficilement cette possibilité. Après tout, les cinq émissaires avaient été mis en stase longtemps avant d'atteindre la navette et ne s'étaient jamais rencontrés auparavant. Par prudence, leur connaissance des autres avait été sévèrement limitée : leur fuseau spatial aurait tout aussi bien pu transporter six émissaires plutôt que les cinq déclarés...

— Toute la chaîne d'édition attend sur le pied de guerre, pour une mise en ligne du texte et de l'audio dès ce soir. Au moment où la partie produite par Ange sera intégrée, le processus se lancera automatiquement.

Le mystère obsédait désormais Thierry. Cet homme sympathique, en train de lui offrir un café et quelques madeleines sur un petit plateau, était-il un sixième émissaire ?

Il finit par décider que toutes ces questions l'épuisaient. Il n'aspirait plus qu'au terme de cette opération, au repos bien mérité auquel il aurait le droit, sans plus s'inquiéter de l'identité de toutes les personnes l'approchant. Mieux encore, il pourrait enfin être lui-même, se retrouver et ne plus avoir à endosser cette identité de pacotille. Vivre.

Il jeta un regard anxieux vers l'horloge accrochée au-dessus de la porte du petit bureau. L'heure du rendez-vous était arrivée.

Nathalie remontait d'un pas leste la rue des Ormeaux. Aucune anxiété, quant à la réunion prochaine, ne trahissait sa démarche. Elle se sentait soulagée, au contraire : ils allaient mettre les dernières pièces en place. Le puzzle allait prendre forme.

Depuis trente ans, elle attendait ce moment. L'enveloppe qu'elle avait prise à la maternité d'Oakshire dans l'Ohio la démangeait. Elle en avait assez de ressentir ce corps incapable de se défendre seul face aux prédateurs et aux maladies. L'identité volée lui devenait insupportable. Le parcours scolaire qu'elle avait suivi lui avait fait découvrir la bêtise de l'espèce humaine. La méchanceté des enfants qui s'amusaient à propager des rumeurs, ceux qui s'amusaient à faire mal par jeu. Ils apprendraient à suivre la voie. La terraformation entreprise les amènerait à être guidés par la confédération des systèmes. Leur planète et leur espèce seraient sauvés le peuple des émissaires.

Ce raisonnement était sans faille, elle avançait déterminée. Les passants glissaient autour d'elle sans qu'elle n'y prête la moindre attention. Sauf une. Une jeune femme sortit d'un véhicule.

Elle progressait sur le trottoir parallèle. Elle avait ce quelque chose. Une démarche particulière, une façon de fendre la foule comme un bateau la tempête. Oui, c'était l'une des siennes. Probablement Samiki.

Ses écrits subversifs percutèrent la mémoire de Nathalie. Elle se remémora tout ce que l'émissaire avait accompli sur le territoire africain et asiatique. Elle avait semé les graines de leur projet plus que n'importe qui. Si l'orchestration magistrale de tous ces moyens était due à Thierry, Samiki était de loin la plus douée dans leur domaine. Nul doute que la confédération lui offrirait une place de haut rang quand tout serait fini sur cette petite planète bleue.

Timidement, l'émissaire changea de trottoir et suivit celle qu'elle admirait tant. De tout le trajet, elle n'osa pas l'aborder, de peur de compromettre son équipe. Ils faisaient partie d'un tout. Programmés dès leur naissance pour infiltrer des mondes en vue de leur élévation. Elle ne pouvait tout gâcher pour un bête sentiment d'admiration. Cette dernière pensée la perturba. Était-ce normal de ressentir cela pour une autre de son espèce, ou s'agissait-il d'une contamination due à son éducation humaine ? Sa programmation génétique ne pouvait répondre à cette question. Était-il banal pour son espèce d'aimer une autre que soi ? Étaient-ils capables d'aimer ? Prise dans le flou de ses réflexions, elle percuta maladroitement une personne allongée en bas d'un immeuble bordant la rue. Le sans-abri grogna sous le coup de soulier qui lui avait frappé la poitrine.

Nathalie se retourna, désolée et confuse. Elle se pencha vers lui pour s'excuser. Elle ne perçut dans ses yeux gris, délavés par la fatigue, le froid et l'alcool, aucun ressentiment. Surpris de la réaction d'une femme à son encontre, il se replia sur lui-même, timidement, afin de libérer le passage. Gênée par la situation, Nathalie sortit son porte-monnaie de son sac et lui tendit un billet pris à la volée. L'homme allongé ne répondit pas à son geste. Il ramassa autour de lui ses maigres biens et se replia dans sa coquille. L'émissaire, embarrassée, déposa le billet à ses pieds avant de reprendre sa route. Elle se retourna à plusieurs reprises pour regarder le pauvre homme qu'elle avait bousculé.

*

Kapchka émergea de la gangue gluante qui fumait et s'étalait en plein champ. La boue primaire qui le constituait se rassemblait lentement, s'écoulant à travers les épis de blé. Sa conscience, endormie durant son voyage, s'éveillait doucement au jour qui se levait dans la petite exploitation fermière. Deux spots rouges sortirent de la nasse pour capter la lumière. Des images jaunes et bleues explosèrent dans les circonvolutions de son système nerveux renaissant. D'abord floues, de longues et minces tiges apparurent sous une étendue bleue parsemée de liserés blancs.

Kapchka émit un pseudo-pode vers l'un des longs épis de blé et l'engloba en totalité. Ses enzymes le digérèrent, son cortex analysa l'ADN du végétal. Il ne s'agissait pas d'un être conscient, à proprement parler, mais l'émissaire tira de cette analyse son histoire génétique. La plante présentait des mutations anormales. On avait implanté en son sein des gènes afin de résister à ses prédateurs.

D'autres pseudo-podes explosèrent de toutes parts pour prélever cette source d'énergie. Affamée par son réveil, Kapchka en engloutit une grande quantité. Enfin rassasiée, elle regarda autour d'elle en quête de l'espèce responsable de la manipulation génétique de sa nourriture. Ses deux yeux rouges pâlirent jusqu'à prendre une couleur crème pour mieux capter la lumière de ce soleil jeune. Elle vit devant elle un grand panneau qui se détachait sur l'horizon. Dessus une image représentait une créature à la couleur rose. Il devait s'agir de l'espèce dominante de cette planète. Celle qui imposait les lois de sa survie sur ce monde.

Elle commença à analyser l'image pour essayer de l'imprimer, de l'imposer à la glaise qui la constituait. Lentement, sa boue se rassembla pour former un tronc, puis deux bras apparurent, une tête prit place au sommet. Ses yeux, nouvellement ouverts sur ce nouveau monde, y prirent place. Elle se redressa, et la fin de son corps prit forme sur deux jambes. L'image parfaite d'une petite fille prit vie au milieu du champ.

Un bruit strident résonna soudain, alors que Kapchka s'affairait à faire ses premiers pas dans la peau d'une humaine. Ses gestes maladroits, dus à sa consistance gélatineuse, l'amenaient à produire des mouvements impossibles pour un squelette humain. Elle tourna son regard vers l'origine du bruit. Ce qui ressemblait à un véhicule métallisé était arrêté en bordure du champ. Deux personnes partageant l'anatomie de la petite fille sur l'affiche du panneau en sortirent. Ils se dirigèrent vers le lieu du crash de Kapchka. Les volutes de fumée et les restes épars de sa navette finissaient de se consumer. Les deux individus couraient vers elle. Elle resta interdite face à eux. L'un avait les poils courts et se déplaçait plus lourdement, la deuxième portait des poils longs qui reflétaient le soleil et l'appelait à grands cris. Arrivée près de Kapchka, elle s'agenouilla près d'elle pour la prendre dans ses bras. Elle émit beaucoup de bruits quand elle observa le corps tordu de la jeune fille. Kapchka, dans sa volonté naïve de se déplacer, avait tordu sa création dans une position impossible. L'autre individu réagit en empoignant son compagnon pour le tirer vers lui.

L'émissaire leva ses bras vers eux. Ils s'étirèrent jusqu'à les toucher et les transpercer. Leur peau n'était pas épaisse. Rapidement, les enzymes se diffusèrent dans leurs corps. Kapchka se gorgea de cette énergie et de leur information génétique. La digestion avançait vite, les deux humains ne ressentirent aucune douleur, leur vie s'éteignit sans un éclat. Le cortex explosa d'informations. Elle ressentit toutes les peines et les joies des êtres humains. En même temps qu'apparaissait sa crête dorsale, abritant son nouveau système cérébral, les visages d'Alexia et Arnaud, les deux orphelins par sa faute, apparurent devant elle. Ces images lui déchirèrent les entrailles. Elle perçut tous les rêves et les angoisses des deux parents dont elle absorbait l'enveloppe.

Elle comprit le sens d'une famille, ce qui représentait l'ordre des choses pour les humains. Sans jugement, elle laissa couler en elle toutes ces données sensitives.

À bout de souffle, Kapchka s'effondra sur le sol. Elle avait acquis sa forme définitive, celle de Lise "la femme", qu'elle avait retirée du monde. Reprenant son souffle face à la décharge émotionnelle, elle regarda son avant-bras. Cinq points rouges y brillaient faiblement. Les autres n'étaient pas loin. La K'tro n'ah rampa jusqu'aux vêtements de la personne qu'elle avait absorbée. Elle enfila lentement les vêtements, s'imprégnant de l'odeur qu'ils renfermaient. Elle exhalait à présent ces senteurs. Elle était Lise. Retrouver les autres, puis retrouver ses enfants. Tel était son but.

La sixième émissaire se redressa, s'empara des vêtements épars sur le sol et regagna le véhicule du couple. Elle démarra en trombe. Son regard appuyé sur son avant-bras, elle questionna le GPS intégré à la voiture. 43 rue des Ormeaux, Paris. Plusieurs s'y trouvaient déjà. D'un tour de main, Kapchka pouvait balayer tout ce que la confédération des systèmes s'apprêtaient à faire subir aux peuples de cette planète. Ils méritaient de choisir.

*

Nathalie retrouva enfin Samiki devant l'immeuble. Elle la regarda avec un sourire sur les lèvres. La jeune femme, reconnaissant l'une des siens, l'étreignit. Nathalie accueillit chaleureusement cet acte affectif, sans réfléchir à sa provenance étrangère ou non à son espèce.

Heureuses seulement de faire partie d'un tout qui avait un sens, elles restèrent un moment dans les bras l'une de l'autre. Après un temps, elle se séparèrent doucement de leur étreinte. Samiki pressa le bouton de l'interphone correspondant au bureau où ils avaient rendez-vous. La voix douce de Thierry répondit, les invitant à rentrer. Les deux femmes pénétrèrent dans le hall de l'immeuble et se dirigèrent vers l'ascenseur. Thierry les attendait à l'étage, la porte entrouverte.

Elles n'étaient pas les premières. Chacun embrassa chaleureusement les deux émissaires. Un flottement doux se posa dans la pièce. Chacun et chacune rassuré.e de pouvoir être soi-même. Thierry laissa le temps à tout le monde d'échanger sur sa vie. Les conversations dérivèrent rapidement sur la nécessité de mettre en place le projet. L'émissaire prit enfin la parole, il exposa leur avancée. Tous les relais étaient en place. Les points névralgiques aux quatre coins du globe avaient reçu leur balise. Tout était prêt. Ils allaient pouvoir enclencher la phase finale, permettant à leur espèce d'envahir et de régir cette planète.

Une longue et studieuse journée de labeur s'ensuivit, chacun collaborant avec tous les autres afin de donner corps à l'oeuvre finale. Leur tâche touchait à sa fin quand tout à coup Arthur s'exclama et leur indiqua l'écran de télé, muet, qui montrait les images fumantes d'un crash. Tous et toutes se tournèrent vers la télévision. Un bulletin d'information expliquait dans le déroulé qu'il s'agissait de la chute d'un corps étranger fait de pierre et de métal en plein milieu d'un champ en Lozère. Les émissaires se regardèrent, effarés. Ils avaient tous reconnu les débris. Ils étaient sortis d'un tel amas il y a trente ans de cela.

Aucun autre émissaire n'était attendu. Que pouvait bien signifier cette arrivée soudaine, à ce moment précis ?

— Qu'est-ce que ça signifie ?

— Un sixième émissaire ? Ce serait absurde, maugréa sombrement Arthur. Surtout maintenant, alors que nous sommes sur le point d'expédier l'ultime signal.

Dans le salon de l'éditeur, l'incrédulité dominait. La vue du module sur l'écran les avait brutalement arrachés à la bulle créative dans laquelle ils vivaient reclus depuis plusieurs heures. Ils avaient œuvré d'arrache-pied pour faire émerger le texte final, clé de voûte du projet tout entier. Ils touchaient enfin au but, non sans peine, lorsque leurs certitudes avaient volé en éclat.

— Comment sommes-nous censés réagir ? s'interrogea Nathalie pour la dixième fois. Devons-nous presser le mouvement ? Ou, au contraire, temporiser au cas où le nouveau venu tenterait de nous contacter ?

Aucun de ses comparses ne semblait en mesure de trancher. Une irruption aussi brutale, aussi tapageuse, ne pouvait avoir été décidée sans l'aval de la confédération. Que fallait-il comprendre ?

De tous, Thierry était sans doute le plus mal à l'aise. Il éprouvait des doutes depuis que le cinquième larron les avait rejoints avec plusieurs heures de retard, contredisant l'annonce de sa défection. Il avait voulu croire aux justifications de son revirement. Était-il réellement celui qu'il prétendait ? Après tout, les émissaires ne s'étaient jamais rencontrés de visu avant ce jour... Thierry se promit de le tenir à l'œil.

— Il serait peut-être plus sage d'en référer à l'éditeur, proposa sagement Samiki.

— Je parie qu'il en sait plus long qu'il ne le dit, opina Ange.

Les émissaires consentirent à rompre leur isolement et quittèrent le salon pour se lancer à la recherche de Lancelot. L'étage était entièrement désert afin de préserver leur concentration, mais l'absence de l'éditeur lui-même demeurait surprenante.

— Là ! Regardez ! s'exclama Arthur en pointant un coffre dont le couvercle était légèrement entrouvert.

Il l'ouvrit tout en grand, révélant le corps supplicié de leur hôte. Nul besoin de longues investigations pour comprendre qu'il était mort depuis plusieurs heures, et qu'on l'avait assassiné.

— On a voulu l'empêcher de parler, gronda Samiki.

Elle lisait dans cette troublante succession d'événements la confirmation d'une terrible intuition. Les difficultés qu'ils avaient rencontrées, collectivement, à produire l'œuvre attendue l'avaient interpellée. C'était comme si son émergence rencontrait d'invisibles obstacles. Elle ne pouvait croire qu'un de ses comparses ne soit pas au niveau attendu. Par conséquent, elle soupçonnait l'un d'eux de ralentir sciemment le processus, en sabotant habilement leur créativité.

De surcroît, elle était bien certaine que la télévision était restée éteinte toute l'après-midi. Elle ignorait qui l'avait allumée, mais les bribes d'information qu'ils avaient surprises évoquaient moins un scoop de dernière minute qu'un de ces faits divers qui tournent en boucle pendant des heures et des heures.

Ils avaient passé la journée coupés du monde. Quand avait eu lieu la découverte du module, exactement ? La créature qui l'habitait pouvait avoir accompli un long trajet, depuis. Ou être, déjà, arrivée à destination ?

Un cri terrifiant l'arracha à ses pensées. Elle constata qu'alors qu'elle était seule, car les autres avaient poursuivis leurs investigations dans l'étage. La plainte émanait du salon : elle s'y précipita.

— Ce n'est pas possible !

— Mais qui a pu...

Parvenue dans l'embrasure, elle s'immobilisa net à la vue de la flaque translucide qui tapissait le sol de la pièce et qui, à en juger les fragments de textile alentours, constituait tout ce qui restait de Thierry. Ange et Arthur ne parvenaient à en détacher leur regard.

— Et Nathalie qui... qui a pris la fuite, bredouilla Ange. C'est un cauchemar.

Profitant de ce moment de flottement, Arthur passa à l'offensive. Brandissant une lampe de bureau, il fonça sur Ange en hurlant comme un possédé.

Il n'avait pas remarqué la présence de Samiki dans son dos. Celle-ci eut tout juste le temps de réagir : elle bondit dans la pièce et, agrippant un presse-papier sur un guéridon, le fracassa de toutes ses forces sur la tête de l'assaillant. Celui-ci s'effondra dans un bruit mat, un liquide translucide s'échappant de son crâne à gros bouillons.

— Je... il allait... bredouilla-t-elle en laissant choir le presse-papier, accablée par son geste.

Ange, qui prenait tout juste conscience de l'immense danger auquel il venait d'échapper, leva lentement les yeux vers elle... et explosa de rire. D'un repli de sa veste, il dégaina l'arme de facture extra-terrestre qui lui avait permis de vaporiser Thierry.

— Merci pour votre aide, ma chère, mais je crains que vous n'ayez commis une légère erreur de jugement. Arthur s'en prenait à moi parce qu'il venait de comprendre ce qui aurait dû vous sauter aux yeux : je suis le sixième émissaire.

Samiki manqua de s'en étrangler. Elle réprima l'envie de se jeter sur lui : ce qui restait de Thierry ne laissait guère de doute sur sa détermination à utiliser l'arme.

— Qu'avez-vous fait de Ange ? gronda-t-elle.

— J'ai bien conscience que les dernières... péripéties ne plaident pas en ma faveur, grimaça-t-il. Pourtant, je vous l'assure, je ne lui ai rien fait. C'est de son propre chef qu'il a fait sécession. Il a choisi de ne pas choisir entre les humains et sa propre race, en remettant sa contribution tout en prenant la décision de rester parmi eux. C'est précisément en raison de ce type d'aberration que ma présence est indispensable.

— Que voulez-vous dire ?

Le sixième émissaire sembla hésiter quelques instants, et sa « réponse » fut tout à fait inattendue.

— Que ressentez-vous, en ce moment ?

— Qu'est-ce que cela peut bien vous faire ? La pitié ne semble pas compter au nombre de vos principes.

— Je sais ce que vous vous dites, mais je n'ai pas voulu que ça se passe de la sorte, grimaça-t-il. Je devais profiter de la défection d'Ange pour vous infiltrer et vous observer de près pendant le processus. Mais j'ai été mal renseigné : je croyais que l'hôte auquel je devais me substituer était une femme. À mon arrivée, Lancelot m'a démasqué : il savait que je ne pouvais être celui que je prétendais. Je n'ai eu d'autre choix que de le neutraliser, puis de me dénicher un nouvel hôte en toute hâte, masculin cette fois – un certain Patrick, qui passait dans la rue au mauvais moment – avant de vous rejoindre dans le salon.

— Où voulez-vous en venir ?

— Vous le savez, la confédération des systèmes est le théâtre de luttes d'influences acharnées. Beaucoup de choses ont changé depuis le début de votre mission. Les priorités en vigueur au moment de votre envoi ne sont plus forcément d'actualité. Mais surtout, je vous le redemande : que ressentez-vous en ce moment ?

Samiki soutint son regard et plissa les lèvres en signe de défi.

— Nul besoin de mots : je les lis en vous, poursuivit froidement Patrick. Rage. Frustration. Peine. Confusion. Volonté vengeresse. Ne trouvez-vous pas qu'il s'agisse de sentiments singulièrement... humains ?

— J'ai accompli ma mission, c'est tout.

— C'est exact. Votre immersion était nécessaire pour affiner le paramétrage de la terraformation. Sans doute les risques ont-ils été sous-estimés...

— Quels risques ?

— Que vous deveniez *autre*. Ni totalement l'un des leurs, ni encore vraiment l'un des nôtres. Votre hôte vous a contaminé. Vous n'êtes plus aussi fiable que vous le croyez. Je vous ai observée toute la journée dans votre processus créatif. Les émotions humaines ont ruisselé en vous. Au point qu'on a commencé à craindre, en haut-lieu, que votre chef-d'œuvre collectif ne produise pas tout à fait les résultats escomptés... C'est pourquoi il fallait reprendre les choses en main.

— À aucun moment je n'ai trahi les miens.

— C'est vrai – sous réserve que *les vôtres* soient encore ceux que vous pensez. C'est à dessein que j'ai allumé le poste de télévision, pour observer votre réaction. Aussitôt, vous avez fait bloc. Et vous vous êtes aussitôt méfiés d'un éventuel sixième émissaire, l'un des vôtres ! Thierry, tout particulièrement, avait des doutes. Il a tenté de me confronter pendant que vous cherchiez Lancelot : je n'ai eu d'autre choix que de le tuer.

— Pourquoi ne pas avoir actualisé notre ordre de mission, tout simplement ?

— Parce que vous avez produit toutes ces œuvres. Ce faisant, vous avez baissé la garde. Vous êtes devenus irrationnels, contradictoires, exigeants, bornés, rebelles, orgueilleux, sécessionnistes, emportés. Bref : humains

Il ne croyait pas si bien dire : tout en le faisant parler, Samiki s'était insensiblement déportée vers la console chargée de transmettre leur texte final. Elle voulait croire que leur production de la journée se révélerait suffisamment riche et structurée pour se suffire à elle-même, complétée par la contribution du *véritable* cinquième émissaire.

Elle profita d'un instant d'inattention de son interlocuteur pour faire un pas de côté et tenter d'activer le signal. Patrick, dans un réflexe inévitable, n'eut d'autre choix que de la vaporiser à son tour.

Le silence tomba de nouveau sur les locaux de l'éditeur. Curieusement, Patrick percevait encore la présence de ses comparses, comme s'ils persistaient tout près de lui.

Il ne s'expliqua ce mystère qu'en s'attardant sur la console. Bien sûr. Ses semblables étaient vaporisés, mais leurs œuvres subsistaient. Après tout, celles-ci n'étaient-elles pas, à l'image de leur espèce, que des hôtes de passage au sein de corps éphémères ? Voilà pourquoi il les avait sentis tous présents à Paris, en dépit de la défection d'Ange : ils étaient devenus leurs créations.

Patrick parcourut rapidement le fruit de leur labeur du jour et en ressentit un inexplicable vertige. Expédier le signal, ou tout effacer : d'un geste, il pouvait décider du sort de l'humanité.

Il éprouvait également, bien malgré lui, une pointe d'amertume. Il avait reproché à ses comparses de s'être laissés gagner par les émotions. Il se jugeait lui-même immergé en son hôte depuis trop peu de temps pour subir cette influence indésirable. Et pourtant... En étant honnête avec lui-même, Patrick devait bien admettre qu'il aurait pu accomplir sa mission tout à fait différemment. Plutôt que d'avancer ensemble, ils s'étaient tirés dans les pattes. La fierté et les ambitions des uns et des autres pour l'après étaient entrés en ligne de compte. De vrais humains, décidément...

Grisé par son pouvoir, tenant le sort de l'humanité au bout des doigts, Patrick se laissa gagner par le doute. Pourquoi avait-il réellement été envoyé ? Laisser le choix aux humains, vraiment ? N'était-il pas plutôt le véritable enjeu de l'expérience ? La confédération n'avait-elle pas décider de le tester en situation réelle, afin de voir comment il s'adapterait à une situation dont il ne connaissait pas à l'avance tous les tenants ?

Il y avait forcément des postes à pourvoir au sein d'une confédération des systèmes en pleine expansion. Pour les obtenir, il fallait faire preuve d'initiative. Il lui appartenait de prendre ses responsabilités.

Samiki avait fait erreur, il le sentait désormais. L'œuvre sur la console ne se suffisait pas tout à fait. Il lui manquait un ultime élément, une dernière pièce fondamentale : la sienne...

Que faire ? Que ce soit pour neutraliser le processus ou le parachever, Patrick devait donner de lui-même. Par son œuvre finale, il décida du sort de la planète.

PF   www.patrick-fontaine.com

Quand je pense au petit peuple

I – Florent Lucéa

II – Noémie Guilhot

III – Cédric Teixeira

IV – Laufeust

V – Marie Dietrich

VI – Edouard de Wilmer

Au commencement, Dieu créa le ciel et la terre. Il créa l'éternité et la finitude, le bonheur et le doute, l'amour et la peur. Il créa toute sorte de dualité et cela lui parut bon. Puis il appela les anges et leur présenta sa création. Et celle-ci était si belle et si parfaite que les êtres ailés se mirent à pleurer silencieusement, frappés de béatitude devant la grandiosité de leur père céleste.

Mais parmi toutes les créatures réunies, il y avait un insatisfait, celui-là même que l'on surnommait le serpent. Il était bien trop prudent pour contester l'œuvre de l'éternel et n'éleva pas la voix.

Cependant, Dieu, passant dans les rangs de ses enfants, le remarqua, car il ne souriait pas.

— Quelle est donc la raison pour laquelle ton front se crispe ? lui demanda-t-il.

— Mon père, l'univers que tu as fait jaillir de tes mains est à ton image, il ne manque rien, et rien n'est en trop, débuta la créature. Tout est absolument parfait.

Puis elle se tut.

Mais les paroles du serpent n'étaient pas anodines, et Dieu réfléchit. Il regarda à nouveau sa création et la trouva pâle, sans intérêt. Sur sa planète enchanteresse, il comprit qu'il fallait ajouter quelque chose de faillible, d'incomplet, d'imparfait, afin de permettre à ce qui était sans défaut d'être admiré à sa juste mesure.

Alors le divin prit le désir d'éternité et l'enferma dans la finitude. Il prit la recherche du bonheur et la noya dans le doute. Il prit l'amour et l'enveloppa de peur. Et de ces préparations naquit une enfant, une enfant incomplète, une enfant imparfaite, grimaçante, pleurante et trébuchante. Et Dieu en fit un second, imparfait, grimaçant, pleurant et trébuchant. Et les deux êtres, si nus et si vulnérables partirent dans le jardin.

Et du couple originel naquirent des milliers d'êtres rongés par la solitude, les inhibitions, les aspirations contrariées, des milliers de rêveurs incomplets incapables d'accéder à leur réalisation.

Et aujourd'hui, le jeune homme aux cernes longues et au teint blême qui se reflétait dans le miroir de ma salle de bain était le digne descendant de cette espèce absurde. L'illustration imparfaite de ce paradoxe propre à l'humain, la démonstration criante du rêve d'infini qui se heurte à sa nature finie. Dans mes yeux bleus trop brillants, l'on pouvait déjà voir une lassitude profonde, une fougue originelle épuisée par des passions trop violentes. Des joues creusées par le manque d'envie, des paupières assombries par le manque de sommeil, la commissure des lèvres pendante par manque de plaisir. Je n'étais pas. Et pourtant, j'étais toujours vivant. Ce qu'il restait de moi ? Cette contradiction.

Mais des crispations nerveuses parcouraient toujours mon corps glabre, témoignant que ce feu n'était pas tout à fait éteint. Il était en repos, dans l'attente de quelque chose, d'un moment, d'un évènement, ou même de quelqu'un, qui saurait le ranimer.

Mais quel que fût l'objet espéré, il n'était pas arrivé et je n'étais pas mort. Je devais donc survivre, en attendant que l'un ou l'autre vienne enfin me délivrer.

Je passai mon long manteau et claquai la porte.

Dans la boulangerie régnait des odeurs de café fraîchement moulu et de pâtisseries que des habitués attablés dégustaient en se léchant les doigts. La file d'attente était longue, mais personne ne semblait pressé. Les clients, enveloppés de l'haleine chaude de la boutique, semblaient savourer les babillages par petites gorgées. Le bruit des conversations montait, baissait, reprenait, sans but et sans contenu, pour le plaisir d'un instant partagé.

Sur le côté, une petite fille jouait avec un avion. Les vieilles dames lui adressaient des sourires bienveillants.

Sainte matrone de la boutique, la boulangère distribuait quelques mots à chacun de ses clients. Et c'était, à chaque pain servi, une parenthèse qui s'ouvrait sur la vie de l'autre, des anecdotes racontées à mi-voix, des battements de paupières entendus, parfois une photo dégainée, des bonnes nouvelles qui se répandaient dans tout le magasin et entraînaient des murmures admiratifs sur leur sillage. À d'autres moments, c'était une plainte et les gens prenaient parti, encourageaient le belligérant, évoquaient leurs souvenirs personnels.

C'était un groupe mouvant, vivant, composé de personnages âgés enfouis sous de gros manteaux, de quadragénaires détendus, de petits enfants aux joues rouges et des senteurs de brioche.

Les photophores colorés illuminaient les peaux blanches de teintes chatoyantes dont les yeux brillants du peuple renvoyaient le reflet.

Ç'aurait été un moment délicieux, pour tout autre que moi. Mais bien évidemment, j'étais moi.

Sans prendre part aux conversations, je fixais le sol comme un coupable, comme un fautif, car j'étais là où je n'appartenais pas. Je n'étais pas « le groupe ». Ils ne m'avaient pas accepté parmi eux. La situation que j'avais induite par mon laconisme se retournait contre moi.

Une fois servi, je tournai les talons et sortis précipitamment.

Le vent frais qui m'accueillit au-dehors me fit du bien. Le bruit des bottes fourrées des passants résonnait sur les pavés. Il y avait peu d'animation, mais l'on devinait les visages heureux, les rires étouffés derrière les écharpes, les mains réunies le temps d'une étreinte. C'était une belle période dans le village que l'hiver semblait avoir suspendu le temps d'une célébration.

Mais moi, moi et ma banalité, moi et ma solitude, moi et mon sentiment de vide, nous étions tellement nombreux dans cette tête bouclée qu'il n'y avait plus de place pour quelqu'un d'autre. C'est pourquoi je restais seul, c'est pourquoi mon appartement était vide, c'est pourquoi mon cœur l'était aussi.

Loin de m'y être habitué, j'en supportais de moins en moins la triste réalité. Aussi ce jour-là me décidai-je à faire un détour, contrairement à mes habitudes. Je déambulais dans la rue piétonne, pâle dans mon grand manteau noir, les cheveux au vent, frissonnant bien malgré moi, contemplant d'un air hagard les vitrines illuminées. Ma silhouette de croque-mitaine détonnait parmi les décors hivernaux et les promeneurs repus.

Ma place n'était nulle part, je devais pourtant choisir où aller.

Ce furent quelques notes de piano qui me firent soudainement sortir de ma torpeur. Un homme qui sortait d'un bâtiment que je n'avais pas vu, laissant s'envoler des notes étouffées que la porte en claquant réduisit au silence.

Comme un insecte happé par la lumière, je vins me coller devant la vitre à l'enseigne rouge : les lumières dorées tamisaient l'intérieur d'une grande salle d'un style ancien, recouverte du sol au plafond d'objets hétéroclites, de voitures miniatures et de pantins articulés. C'était un magasin de jouets.

Je n'eus pas le temps de m'interroger sur la pertinence de ma démarche que j'avais déjà passé la porte. Une clochette tinta. Les odeurs qui m'accueillirent ravivèrent en moi des souvenirs que je pensais enfouis depuis bien trop longtemps. Une cheminée flambait, à l'abri derrière une plaque de verre. Une odeur de bois et d'encens réchauffait la pièce.

Mes paupières se baissèrent, j'inspirais longuement pour apaiser mon cœur battant.

Un raclement de gorge me fit sursauter, me rappelant que je n'étais pas seul. Un vieil homme barbu me salua d'un signe de tête, derrière un comptoir encombré. Je lui rendis son salut et fis mine d'observer les rayons. La musique provenait de l'arrière-boutique.

À l'écoute d'un air de piano, je pensais toujours à la vieille maison en pierre humide où vivaient mes grands-parents. Un souvenir heureux, un des rares ! Je fermais les yeux à nouveau, pour mieux m'y replonger : je pouvais encore entendre le crépitement du feu dans l'âtre, le tintement des casseroles dans la cuisine, le bruit des pages du journal que l'on tourne. La grande horloge régulière. *Tic tac, tic tac, tic tac.* Petite musique rien que pour moi, sur laquelle j'imaginais selon mon humeur, une salsa, une valse ou les pas terrifiants d'un tueur sanguinaire.

C'était une époque dont je n'oublierai jamais la sensation de paix et de sécurité tandis que, émerveillé, je contemplais la danse des flammes. Envahi par la douce caresse de la nostalgie, il me semblait que je pouvais encore sentir le froid des matins campagnards, où, avant de courir me réchauffer, je prenais quelques instants pour admirer l'étendue blanche au-dehors. L'odeur du café, des tartines que l'on grille, les genoux de mon grand-père sur lesquels j'étais perché en buvant mon chocolat. Ma grand-mère qui ébouriffait mes boucles en répétant « Qu'il est beau cet enfant ! ».

Et, bien entendu, l'instrument installé dans le grand bureau dont les cordes frappées me berçaient le soir...

Chez eux le temps passait tout doucement, au rythme des rituels quotidiens.

Une sourde joie, une sensation longtemps oubliée, ressurgit au détour de mon inconscient. C'était ça, la vie éternelle. Nulle grande œuvre, nul accomplissement, seulement des gestes agréables répétés à l'infini avec l'amour pour tenir chaud dans la poitrine. Un chez-soi et une famille, voilà tout ce qu'un être humain avait besoin pour se transcender.

En bon philosophe, je n'avais, en grandissant, suivi aucun de ces précieux enseignements.

Je rouvris les yeux avec un sourire sur mes lèvres et l'âme du petit garçon que j'étais jadis. C'est alors que ma longue cécité spirituelle cessa, et je m'éveillai au monde. Le magasin me paraissait tout d'un coup changé, embelli. Je discernais à présent la beauté de ce qui m'entourait, les contrastes de lumière, les peintures délicates, les ingénieux engrenages. Je me sentais vivant et je sentais l'environnement autour de moi animé de la même énergie que celle qui battait dans ma poitrine. Une légère euphorie se mit à bouillonner dans mes tempes : il me semblait, obscurément, que j'étais heureux.

Soudain une vision au sol me fit bondir. À mes pieds, un serpent s'était silencieusement glissé. Je ne pus contenir un cri d'effroi tandis que je me réfugiais hors de portée du dangereux reptile. La menace était toute proche, et je ne l'avais pas remarquée. À l'abri contre un étal de petites voitures, peinant à contenir ma respiration haletante, je jetai un œil derrière moi. Des sueurs froides coulaient le long de mon dos. Il me fallut quelques secondes pour réaliser ma méprise, lorsque je remarquai l'immobilité de mon adversaire. Osant m'approcher, je reconnus un ouvrage parfaitement réalisé : écailles peintes à la main, yeux en billes d'obsidienne, écailles artisanales. Un jouet d'un réalisme saisissant. La joie qui m'irradiait avait tourné au vinaigre. Une bile rance se mêlait à la salive que j'avalais difficilement. J'avais soudain très chaud. J'étais déçu, blessé, amer. J'étais sur le point d'atteindre une paix si chèrement désirée et l'animal me l'avait sauvagement retiré. Le serpent perfide et trompeur, le serpent semeur de trouble et de chaos.

J'avais beau savoir qu'il ne s'agissait que d'un simple objet sans vie, ce vil persifleur hantait mon esprit. Mes pensées restaient paralysées, incapables de s'extirper de son aura malfaisante, et mon corps demeurait pétrifié. Il se dégageait de ce jouet un je-ne-sais-quoi d'inquiétant, de sinistre ; comme s'il portait en lui tout le mal-être de l'humanité, et qu'il venait siffler à mes pieds dans le seul but de m'en rendre responsable.

Quel aplomb… j'en avais déjà bien assez avec mes tracas personnels.

Son corps était enroulé sur lui-même et sa tête se dressait fièrement vers moi, ses yeux factices m'hypnotisant. Je reculai avec précaution, saisi d'une angoisse de le voir se détendre brusquement, tel un diable jaillissant de sa boîte. La raison finit par regagner mon esprit, et je me décontractai en me traitant intérieurement d'idiot paranoïaque. Ce n'était qu'un jouet après tout. Mon apaisement s'envola quand une voix résonna dans la pièce :

— *Tu as raison de te méfier de lui.*

Je me retournai, le souffle court et le coeur tambourinant dans ma poitrine. Je ne voyais rien autour de moi qui aurait pu émettre cette voix rocailleuse et grinçante. Je me tournai vers le vieil homme. Il était toujours affairé derrière son comptoir, en train de bricoler les rouages d'un mécanisme qu'il peinait à extraire d'une marionnette en bois. Les sourcils froncés et ses fines lunettes sous les yeux, il paraissait absorbé par son ouvrage et ignorait ma présence. Non, j'en étais persuadé, ce n'est pas lui qui venait de parler, la voix venait d'ailleurs. Tous les objets à l'intérieur de l'échoppe demeuraient désespérément immobiles.

C'est là que je l'aperçus. Il se tenait fièrement sur son perchoir et me fixait de ses grands yeux ronds et immobiles. La vision de cet animal me replongea instantanément dans la maison de mes grands-parents. Ce doux logis, symbole d'une époque oubliée, où je profitais des plaisirs simples de la vie que Dieu nous accordait ; cette vie que je croquais à pleines dents comme on croque une pomme tout juste dérobée de la branche du pommier.

Je me souvenais tout particulièrement du grenier de mon grand-père, dans lequel j'aimais me réfugier. Je savourais le bruit du plancher qui craque, l'odeur légère du bois et de la pierre humide. J'y montais souvent le soir, à la lueur de la bougie, alors que mes grands-parents me croyaient endormi. Je me rêvais aventurier, espérant découvrir la carte d'un trésor caché dans la forêt toute proche et partir à sa recherche.

La forêt...

De la lucarne trouant la vieille toiture chancelante, la vue sur l'immense et sombre forêt était imprenable. Accolé à la maison et effleurant les tuiles mousseuses de ses branches tordues, un vieil arbre semblait sommeiller depuis toujours. Et sur une branche de ce vieil arbre, un hibou, probablement aussi vieux que la forêt, aussi vieux que le Monde lui-même, me scrutait impassiblement.

Nous nous étions mutuellement apprivoisés. Sans un bruit, sans un mouvement, nous nous observions jour après jour. Je l'imaginais Gardien de la Forêt, Protecteur de la Nature ou Grand Sage connaissant tout sur tout.

Et nous revoilà aujourd'hui face à face. Après toutes ces années, le grenier de mon enfance avait laissé place à ce magasin qui tout à coup lui ressemblait étrangement. Finalement, rien n'avait changé. Le reflet que je contemplais dans les yeux impassibles du rapace était celui d'un visage d'enfant.

Aussi loin que remontent mes souvenirs, je n'ai jamais foulé le sol de la forêt. Mon grand-père y partait tous les matins, sa besace autour de l'épaule et poussant une petite charrette qu'il avait construite de ses propres mains. Par la lucarne du grenier, je le voyais revenir à la nuit tombée, la charrette alourdie d'une quantité de choses indéfinissables. Dès qu'il franchissait le seuil de la maison, je redescendais silencieusement les marches et je regagnais ma chambre pour faire mine de dormir à poings fermés. Je n'ai jamais su ce qu'il ramenait de ses longues expéditions. J'imaginais que le hibou le savait, lui.

Aujourd'hui gardien du magasin de jouets, il tenait ses ailes repliées devant lui. J'avais l'impression qu'il avait déserté l'arbre de mon enfance pour venir s'échouer là, dans la même position. En m'approchant, je constatai avec une pointe de déception que ses plumes étaient de laine et ses yeux de la même obsidienne que ceux du serpent. Le temps l'avait-il figé, transformé en simple marionnette, tel un Pinocchio qui n'aurait jamais reçu la visite de la Fée Bleue ?

Je perçus une respiration… Lente, calme, légèrement ronflante… Je me frottai les yeux.

Des odeurs… Les effluves de la forêt, pourtant lointaine, l'odeur du bois et de la pierre, identique aux souvenirs de mon enfance, chatouillèrent mes narines.

Je ne savais plus où j'étais, quand j'étais, ni même qui j'étais. Mon esprit divaguait, les souvenirs resurgissaient, réchauffant mon cœur. L'ambiance de cette échoppe qui m'était encore inconnue il a une heure, m'avait transformé. Je ne discernais plus ce qui était rêve de ce qui était réalité ; je n'étais plus moi, j'étais redevenu enfant.

Je m'approchai encore, subjugué par l'oiseau. Je posai une main sur son aile, m'attendant presque à sentir la chaleur et les pulsations d'un cœur qui bat. Le mien accéléra quand la voix résonna de nouveau :

— Aïe, tu me fais mal !

Et là, émergea du plumage dense un morceau de bois... un morceau de bois muni de deux jambes, deux bras et une petite tête, accoutré d'écorces et de fleurs, et affublé d'un petit chapeau cousu à partir d'une feuille.

— Et bien... Tu en as mis, du temps... Où étais-tu donc passé ?

La petite créature s'adressait à moi comme si nous étions de vieux amis. Je ne la connaissais pourtant ni d'Eve, ni d'Adam... à moins que...

Des souvenirs me revenaient, comme des flashs. Ces rêves, que je faisais, quand je vivais là-bas... mais... ce n'étaient que des rêves ! Je ne savais plus, en fait. J'étais assailli d'un doute. La créature poursuivit son palabre :

— Le temps nous a semblé très long, tu sais... Tu avais dit que tu reviendrais, que tu ne nous laisserais pas tomber. Tu dois remplir ta mission, maintenant... Tu dois tenir ta promesse et nous aider, nous avons besoin de toi !

Dehors, la nuit tombait peu à peu. J'apercevais par la fenêtre la lune qui semblait me surveiller.

Le vieil homme était toujours occupé à répéter inlassablement les mêmes gestes depuis que j'étais entré.

Le son du piano reprit de plus belle dans l'arrière-boutique.

Au bout d'un moment, il me semblait que tous les objets, tous les jouets du magasin me regardaient, me jaugeaient. Ce magasin hors du temps et hors du monde dont les "habitants" attendaient vraisemblablement quelque chose de moi.

Mais quoi ? Que leur avais-je donc promis il y a si longtemps ?

Mes yeux se posèrent à l'endroit où se tenait le serpent il y a encore quelques minutes. À sa place, un parquet usé, une auréole de poussière et une trace blanche. La trace d'un objet que l'on avait déplacé, glissé sur le sol.

Le serpent avait disparu.

Le persifleur avait filé sans un bruit.

Je restai un moment à regarder le parquet, ébahi d'incompréhension.

Puis, un léger picotement agita le bout de mes doigts. Je sentis un inconfort poisseux perturber mon âme. Mon regard se tourna alors vers la créature au chapeau-feuille. Elle se tenait, rigide, entre les ailes de laine du hibou. J'approchai une main tremblante et, immédiatement, la déception chassa la douce euphorie que les souvenirs de la maison de mes grands-parents m'avaient apportée. En la pressant délicatement sous mes phalanges, je ne sentis que le bois lisse, sans aspérité, là où j'avais cru apercevoir l'écorce. Son chapeau revêtait la même réalité froide, la feuille se révélant n'être qu'un bout de tissu.

Je me sentais plonger à nouveau dans le pessimisme. Ma raison éclairait l'évidente nature du jouet que j'effleurais mais, au fond de moi, mon cœur s'y refusait. Une révolte éclata à l'intérieur de mon corps et l'insurgé rallia l'ouïe à sa cause. N'était-ce pas des notes qui dansaient à l'orée de mes tympans ?

Je redressai la tête. Ça l'était. Entêtante, la musique coulait depuis l'arrière-boutique, ruisselant sur le parquet tel un cours d'eau gorgé d'aigus et de graves.

Son rythme avait changé.

Obnubilé par la créature de bois, je n'y avais pas prêté plus d'attention que cela. Mais, maintenant, l'évidence me sautait au visage. Le flux du piano arrivait dans la boutique amputé de toute trace de quiétude et de douceur. Les notes ne se complétaient plus. Elles ripaient les unes contre les autres, porteuses d'un malaise qui pétrifiait mes jambes. Je jetai un regard en direction du vieil homme. Son visage se crispait et une fine sueur perlait sur son front. La réparation de son jouet ne se passait plus aussi bien, ses mains tremblaient. Pourtant, il ne se retourna pas vers la cause de son malaise. La musique le hantait, mais il restait concentré sur sa tâche, comme insensible à la présence d'un spectre.

En temps normal, je savais que je me serais détourné de tout ceci. Je me serais glissé hors du magasin et aurais couru vers le cocon protecteur de mon chez-moi. Mais aujourd'hui, un petit mécanisme enfoui profondément dans mes entrailles venait de s'activer. Avec résolution, je décidai de me glisser entre les rayonnages. Tandis que je m'affairais à remonter le courant sonore en direction de l'arrière-boutique, mon visage sérieux se refléta subrepticement sur une vitrine et je crus apercevoir des traits d'enfant, une figure ressurgie des temps passés.

Mais je n'avais guère le temps de m'attarder sur cette étrangeté. Mes doigts s'enroulaient déjà autour de la poignée de la pièce du fond.

Avec lenteur, la porte s'ouvrit. À l'intérieur, un fouillis de carton, de boites et d'étagères encadraient solennellement un magnifique piano à queue. Je fis un pas dans la pièce.

— Il y a quelqu'un ?

Silence. La musique s'était tue. Je n'en ressentais pas moins une certaine angoisse. À tel point que, tandis que je contournais le corps sombre de l'instrument, je faillis sursauter quand, sous mes pieds, le parquet grinça.

Je portai une main à ma poitrine. Quel idiot je faisais, il n'y avait personne ici. C'était étrange, car je restais convaincu d'avoir entendu cette musique. Mon souffle saccadé portait encore les stigmates de ces notes alambiquées.

Un peu déboussolé, je m'assis sur le petit siège posé en face du grand instrument. Les touches luisaient, épargnées par la poussière qui recouvrait le reste du piano. Quelqu'un avait joué ce morceau, j'en tenais la preuve. Mais où était passée cette personne ? Je ne distinguais nulle autre porte que celle qui m'avait permis d'entrer.

À ma gauche, quelque chose bougea.

J'entendis une longue reptation. Un frottement contre les lattes du parquet. Mon imagination fébrile m'offrit alors l'image de la traîne d'un fantôme glissant sur le sol. Que m'arrivait-il ? Tout ceci était par trop stupide.

— Tu devrais faire attention, il est aux abois. Il n'a pas dû apprécier l'air que j'ai joué pour t'attirer dans la boutique. Sa propre musique est à son image : sombre et imparfaite. »

Je lâchai un cri de surprise et tournai la tête violemment. Ma nuque grogna de protestation. Personne. Pourtant, je ne venais pas d'halluciner cette voix, si ? J'hésitais encore quand la réponse se manifesta d'elle-même. Perchés sur le piano, la créature au chapeau-feuille et le hibou m'épiaient, guettant ma réaction.

J'eus un vertige. Je ne savais plus où j'en étais. Ma main se porta vers un de ces étranges êtres. N'était-ce pas des jouets ?

— Vas-y délicatement cette fois, grogna la créature d'écorce au moment où je m'en saisissais. Au toucher, plus rien de lisse, je ressentais chaque creux, chaque volume, toute la variété biscornue qu'offrait une véritable écorce.

— Ne me regarde pas avec cet air ahuri, tu m'as déjà vue des dizaines de fois !

Elle gesticulait au creux de ma paume, nullement gênée par cette situation incongrue. Son nez fleuri se leva dans ma direction et elle enchaîna : « Ne me demande pas de te supplier de tenir ta promesse, tu aurais dû revenir il y a bien longtemps. ». Je restai interdit. Tout ceci ne me disait strictement rien. « Nous nous mourons. » crut bon de devoir rajouter le hibou.

Entre les cartons, le son enflait. Je voyais certaines boites vibrer, tandis que quelque chose glissait parmi elles. J'observais la scène avec inquiétude.

— Il cherche à t'effrayer, il ne veut pas que tu retournes dans la forêt.

La petite créature hochait la tête tout en déblatérant des souvenirs qui n'appartenaient sans doute qu'à elle. Comment aurais-je pu avoir rencontré de tels êtres dans mon enfance et ne pas m'en rappeler ?

— Suis-je fou ? me demandai-je, sans me rendre compte que je prononçais cette question à voix haute.

— Certainement ! m'assena la créature au chapeau-feuille. Fou d'avoir attendu si longtemps ! La forêt ploie sous la gangue de corruption du serpent. Petit à petit, le cœur de notre peuple s'assombrit et, avec lui, s'évanouissent l'amour, l'espoir, l'éternité de vos rêves.

— Je ne peux plus le contenir, expliqua le hibou, comme si sa remarque pouvait avoir du sens pour moi. Il est temps pour toi de faire un choix.

Un carton chuta. Il dégringola, vomissant son contenu sur le sol. Des dizaines de petits jouets à l'aspect sinistre se répandirent sous le piano, leurs iris d'ébènes figés dans la contemplation de mon âme. J'entendis un corps immense racler les caisses en passant entre elles. Une ombre, menaçante, se dessina sur le mur, épaisse ligne peinte à l'encre de chine, ondulant au même rythme que son mystérieux propriétaire.

— Le piano conviendrait, soliloqua la créature d'écorce.

— Oui, ou le cahier là-bas, il doit bien y avoir un stylo quelque part, ajouta le hibou.

— J'ai aperçu du matériel à dessin sur une étagère, également, renchérit la petite créature.

— Conviendrait pour quoi ? répondis-je, hors de moi. Sans en connaître exactement la raison, le babillage de ces êtres issus de mon imagination m'agaçait. Peut-être parce que je sentais qu'au fond, quelque chose coinçait à l'intérieur de mon subconscient. À la manière d'une porte dont j'aurais égaré la clé. Mais également parce qu'ils continuaient d'ignorer la présence de l'intrus qui rampait autour de nous.

Je commençais à prendre peur. Tout à coup, en écho à mes inquiétudes, la queue du serpent apparut sous une étagère. Les cartons bougèrent en suivant le déplacement de la bête. Des écailles luisirent derrière les piles de bric-à-brac, révélant un corps bien plus gros que je ne l'aurais cru. Ma résolution vacilla. Je ressentis l'envie soudaine de quitter la pièce et le magasin dans la foulée.

— Arrête de douter, pense à la forêt, à la maison de tes grands-parents ! hurla la créature au chapeau-feuille.

Je la regardai du coin de l'œil, n'osant quitter le serpent des yeux. Elle me paraissait redevenir lisse. Cette impression me fit me retourner, le cœur battant. Les plumes du hibou reprenaient elles-aussi la texture de la laine. Non ! Je ne voulais pas voir disparaître cette parenthèse d'enfance. Je souhaitais désespérément que le goût sucré du passé me reste en bouche.

Alors que ce désir enflait en moi, une étagère tomba, se fracassa au sol, révéla une tête de cauchemar. Mon cri tonna dans la pièce. Mes yeux effrayés remarquèrent que, sur le monstre, les écailles s'étaient substituées au bois et des globes jaunes, fendus d'une lamelle noire, à l'ébène inerte.

— Le piano ! Les notes !

J'entendis l'appel désespéré de la petite créature mais sa voix mourait, soufflée par l'angoisse qui m'envahissait. Avec une vivacité étonnante, le reptile m'encercla. Son corps, gigantesque, bloqua la porte, me coupant toute possibilité de retraite. Il approcha sa tête, me paralysa d'effroi. Sa langue fendue sifflait tandis qu'elle perçait le carcan de sa gueule.

— Laissssssssse-toi aller.

Ses pupilles m'englobèrent, m'interdisant de tenter le moindre geste. Je me reflétais dans cette immensité acide. Je me vis, tel que j'étais, adulte, tournant en rond dans mon appartement. Je compris qu'il me suffirait de fermer les yeux pour y retourner, pour remplacer un cauchemar par un autre. Mais il se passa un détail que ni le serpent, ni moi-même, n'avions anticipé.

Mécaniquement, mes doigts appuyèrent sur les touches du piano et la porte à l'intérieur de mon cerveau s'entrouvrit.

L'espace d'un soupir, la mélodie retentit, identique à celle que m'avait apprise mon grand-père. Lorsque la dernière note s'évapora dans l'atmosphère, mes paupières se descellèrent, révélant un tableau enfoui dans les limbes du passé. J'écarquillai les yeux, abasourdi. À travers les rais de poussière en suspension, je reconnus le grenier de mon enfance.

Aucune trace du monstrueux serpent. Il s'était évaporé. Mais je n'étais pas pour autant revenu au sein de ma réalité fade.

Se découpant gracieusement devant la lucarne, la créature au chapeau-feuille me regardait avec un sourire satisfait. Je me levai et m'approchai d'elle. La forêt s'étalait bien derrière le jardin de mes grands-parents, identique au peu de souvenirs que j'en gardais. Mais l'essentiel était là. Sur son arbre, le hibou, majestueux, me rendit le regard que je lui lançais.

— Il faut… commença le petit être.

— Y aller, conclus-je, désormais plus sûr de moi.

La créature trônait fièrement sur mon épaule au moment où je quittais la maison et où je partais rejoindre le hibou d'un pas décidé. J'avais en moi cette sensation de déjà-vu et cela ne m'étonnait plus.

J'atteignis rapidement la lisière. La forêt s'étalait, sombre, devant moi. Une langue de terre m'invitait à me laisser engloutir par cette gueule touffue. Au-dessus de moi, un bruit léger me fit relever la tête. Le hibou plana, gracieux, et me survola. Il me précéda à l'intérieur du royaume sylvestre.

— Es-tu prêt ? me questionna la créature d'écorce.

Je n'en savais rien. Je ne me souvenais toujours pas avoir jamais pénétré en ces lieux. Mais je sus, dès l'instant où les branches se refermèrent derrière moi, me barrant toute possibilité de retraite, que mes actions ne seraient pas sans conséquences.

Peu à peu, le courage m'inondait. Un sentiment que je n'avais plus ressenti depuis mon enfance. Je l'avais laissé derrière moi depuis longtemps et je n'avais jamais mesuré à quel point cela m'avait manqué. Avec une sensation grandissante de confiance en moi, je sentis dans le même temps un objet se matérialiser dans ma main gauche. Son contact et son poids se firent de plus en plus réels avant que je ne me décide à voir ce qui apparaissait dans mon poing. C'était une épée, à la lame effilée et miroitante, ornée d'un rubis rougeoyant dans son pommeau. Mais le plus étrange était la forme de mes doigts qui enserraient la poignée. Ils étaient plus minces, plus petits aussi, qu'ils n'auraient dû l'être. Une flaque d'eau limpide me servit de miroir : j'avais retrouvé l'aspect de mes douze ans !

— Cette fois, tu es vraiment revenu, jacta le lutin de bois. Puis, il sauta sur ses minuscules pieds, glissa le long de mon bras et descendit ainsi jusqu'à la garde de l'épée. Avec un regard doux, il toucha le joyau écarlate et disparu aussitôt. Son portrait était à présent gravé dans la pierre. Une évidence me frappa au même instant : il était moi.

Cela ne voulait pas dire grand-chose, mais cette certitude se grava dans mon esprit. Cette forêt, ses habitants, *ils étaient moi*. Un *moi* que j'avais laissé de côté il y a des années. Un moi courageux, volontaire et qui se battait pour rester maître de son destin. Des valeurs qui n'avaient plus fait partie de ma personne ces dernières années. Je sentais que l'on m'offrait une nouvelle chance de ne plus l'oublier. Et j'allais me battre pour cela.

Je me remis en route en enjambant la flaque, à travers les branchages. Étrangement, mes pas savaient où me porter sans que je n'eusse à y réfléchir. La forêt se faisait plus claire à mesure que j'avançais à pas courts, retrouvant ma foulée d'enfant. J'apercevais de temps à autre le hibou voletant au-dessus de la cime des sapins. La température chuta brutalement et de la vapeur s'échappa en volutes à chacune de mes respirations, alors que le sol se couvrait de flocons. Non pas qu'il neigeait : il n'y avait aucun mouvement de vent ni de nuage à l'horizon. Le chemin se couvrait simplement de blanc. Et cela me paraissait naturel, comme si le phénomène s'ajoutait aux météos envisageables.

Bientôt, la forêt fut suffisamment éclaircie pour dégager une clairière. Une pierre dressée trônait sur un petit monticule de terre au centre du cercle d'arbres. Autour du rocher était lové le serpent.

À la vision du persifleur, mon cœur rata un battement. S'il était évident que c'était vers lui que mes pas me portaient, je n'y étais pas tout à fait préparé.

Le rampant se dressa sur sa pierre en me fixant de ses yeux brillants.

— Tu es vraiment revenu, me siffla-t-il, faisant écho aux paroles de l'être d'écorce.

Puis il baissa son regard sur la lame que je tenais dans la main.

— Tu veux à nouveau me défier ? La dernière fois, tu as perdu. Qu'es*sssssss*t-ce qui te fait croire que cela pourrait changer ?

Ses paroles me firent l'effet d'une douche froide. Je l'avais déjà combattu ? Et j'avais perdu de surcroît ? Comment le battre aujourd'hui si j'en avais été incapable auparavant ?

Ne me laissant que peu de répit, le serpent glissa sur le sol et, au moment où ses écailles touchèrent la neige, son corps s'agrandit. À mesure que le monstre croissait, ma confiance faiblissait. En quelques secondes, il était devenu immense et me cachait le soleil couchant, projetant une ombre qui me recouvrait des pieds à la tête. David contre Goliath était un combat plus équilibré que celui que j'allais mener.

Mon adversaire se dressa de tout son long et fondit sur moi avant que je n'eusse le temps d'esquisser la moindre défense. Il s'enroula autour de mes jambes, plaqua mes bras contre mes côtes avant de serrer mon cou. Alors que mon souffle se faisait court, des images traversaient fugacement mon esprit. Moi à quinze ans dans la cour du lycée, n'osant pas aborder cette fille qui me plaisait tant. Moi, trois ans plus âgé, acquiesçant devant mes parents qui m'interdisaient de poursuivre mon rêve de musicien, puis à vingt ans, m'écrasant devant les remarques odieuses de ma patronne.

Une suite de souvenirs cuisants où le courage m'avait manqué, où je m'étais laissé rouler dessus par le flot de la vie.

Le serpent m'étouffait un peu plus en me sifflant dans l'oreille.

— Tu avais acc*sssssss*epté ta défaite, pourquoi revenir ?

À nouveau, les images déferlèrent devant mes yeux. Cette fois-ci, l'animal était présent à chaque situation. Il rampait dans la cour de l'école, m'empêchant de hurler, calmait mes émotions, fermait mes yeux devant la médiocrité dans laquelle j'avais plongé mon existence. Tout ce temps, il avait été là. À insuffler trois petits mots qui avaient dirigé ma vie depuis l'adolescence : *À quoi bon ?* Je sentis ma motivation s'enfuir à grandes enjambées.

Soudain, le monstre se mit à crier. D'une longue plainte qui ricocha sur le cercle d'arbres. L'étreinte se fit moins forte jusqu'à disparaître. Le serpent tomba à terre en se tortillant de douleur dans la neige fondue, et je tombais sur les genoux, la respiration saccadée. Sur le ventre mou de la bête, une trace rouge était apparue. La forme du lutin d'écorce se dessinait dans la marque. Le pommeau de l'épée serrée dans ma paume était devenu brûlant. Apparemment, mes alliés croyaient toujours en moi.

Vif, le serpent repris le contrôle et tenta à nouveau de m'enserrer. Mais cette fois-ci, je fus plus rapide et levai mon arme pour l'empêcher d'approcher. Il se fracassa contre le métal dans un craquement sinistre et recula aussitôt. Malheureusement, cela ne l'avait pas étourdi un seul instant, et il revint aussitôt à la charge. Encore et encore, il tenta de briser ma garde, mais il se heurta à ma lame. À chaque parade, je me redressais davantage. Mon regard se fit plus dur aussi. Le serpent avait voulu m'affaiblir en me montrant ces souvenirs douloureux, mais cela n'avait renforcé qu'une seule chose : ma volonté de ne plus les revivre. Plus que jamais, je voulais saisir ma chance de tout recommencer.

Enfin, je portai mon premier coup offensif. Je me fendis pour atteindre la partie de son corps dépourvue d'écailles, mais il se déroba à ma lame en ondoyant. Il rit de ma maladresse alors que nous entamions un ballet macabre. Que j'attaque d'estoc ou de taille, il se soustrayait en faisant cliqueter ses écailles les unes contre les autres, esquissant une mélodie singulière, rythmée par les sifflements de ma lame dans le vide. Même si aucun de mes coups ne touchait au but, au moins, mon gigantesque adversaire reculait.

À chaque esquive, le persifleur m'envoyait une image partielle d'un tableau que je mis un certain temps à reconstituer, comme autant de pièces d'un puzzle dont seule l'entièreté avait un sens. Quand la fatigue me força à reculer pour me ressaisir, je compris ce qu'il voulait me faire voir : notre premier combat. Celui que j'avais abandonné pour accepter de ne plus être acteur de mon destin. Le souvenir diffus de cette défaite me fit l'effet d'une gifle et me laissa chancelant à proximité de la pierre dressée.

Le serpent savoura sa victoire imminente en s'approchant de moi, zigzaguant lentement dans la poudreuse.

— N'ess*ssssssst*-ce pas plus simple ainsi ? Laiss*ssssssse*-toi envahir par une paress*sssse* confortable et la quiétude de la s*sssssss*olitude.

Pourquoi prendre des ris*sssss*ques ? On *sssssss*e connait bien. On *sssssss*e côtoie depuis tant d'années…

Il avait raison, cela était facile. Pourquoi tenais-je tant que ça à me compliquer la vie ? Certes, cette vie-là était médiocre et insipide. Mais elle pouvait être pire, non ? Le risque en valait-il la peine ? Se faire humilier publiquement en essayant de se rapprocher des gens ? Décevoir sa famille en ratant sa carrière ? Perdre son salaire pour un instant de fierté ? Vraiment ?

Sentant ma volonté faiblir, je fermai les yeux en attendant la morsure venimeuse du rampant. Mais ce furent de vives griffures aux épaules qui me forcèrent à rouvrir mes paupières. Le hibou avait planté ses serres dans ma chair pour me forcer à réagir. Il voletait à présent au-dessus du serpent qui essayait de le chasser en poussant des gémissements d'agacement. Dans une pirouette aérienne, le volatile se mit hors de portée du monstre et fondit sur ma poitrine. Et il entra en moi, déclenchant un déclic. Mon esprit carburait à pleine vitesse, saisissant le champ des possibles qui s'offrait à moi. Toutes les existences envisageables se présentaient, des existences où j'aurais pris le contrôle. Des vies de réussites, mais aussi d'échecs. Mais toutes avaient un point commun : l'absence de regret et de rancœur.

Sur mon pull, l'image d'un hibou aux ailes déployées s'était dessinée, comme cela s'était passé avec le lutin. Puis, tout alla très vite.

Le serpent, crachant de rage, attaqua gueule en avant, ses crochets prêts à me mettre en pièce. Dans un mouvement souple, je fis un pas sur le côté avant d'abattre de toutes mes forces l'épée sur le cou de la bête. Sa tête roula sur le sol, tachant les flocons d'un rouge aussi sombre que la nuit.

Mes dix doigts étaient toujours crispés sur la poignée quand l'arme se volatilisa.

L'épée ? Disparue.

Le serpent ? Disparu lui aussi.

Et le hibou ? Et le… truc (je crois que c'est comme cela que je l'ai toujours appelé) ? Invisibles également.

J'étais pourtant sur le point de gagner ? C'est bien pour cela que j'étais revenu, non ? Pour prendre ma revanche. Battre les vieux démons et repartir de l'avant. Mais où s'étaient-ils tous évaporés ? Il n'y avait aucune trace nulle part. Pas le moindre indice.

Je réfléchis et arrivai à une conclusion différente : et si c'était moi qui avais disparu, tandis qu'ils seraient bien vivants, peut-être même déjà à ma recherche ? Je m'efforçai de retrouver mon sang-froid. Je fermai et ouvris les yeux à plusieurs reprises pour me concentrer sur mon environnement. Je ne voyais rien. À peine une sorte de brume. Je devais pourtant bien me trouver dans l'arrière-boutique du magasin de jouets. Ça, c'était réel. Je me souvenais y être entré en entendant la musique. J'en étais certain. Enfin, de moins en moins, évidemment, mais je pouvais deviner les contours du piano non loin. Il me servait de point de repère : c'était la seule preuve que je n'étais pas en train de rêver.

La brume se dissipa peu à peu et la forêt apparut autour de moi. De gros pins sombres entraient dans mon champ de vision. Bien réels eux aussi. Et toujours ce piano, juste devant moi, à deux mètres à peine. Cela n'avait aucun sens. Comment le piano et la forêt pouvaient-ils se superposer ? Si j'étais dans la boutique, il ne pouvait pas y avoir d'arbres. À l'inverse, comment un instrument de musique si imposant aurait-il pu se retrouver entre deux pins ? Qui l'aurait emmené jusqu'ici, et surtout pourquoi ?

L'accumulation de questions me faisait tourner la tête. J'étais totalement seul. Perdu.

— Ohé ! appelai-je.

Personne.

Pas un bruit. Pas un mouvement.

J'essayai de ne pas perdre le fil de mes pensées. J'étais revenu pour me battre. J'étais sorti vainqueur du combat. Cela, je le déduisais par l'absence de mon adversaire. Si je n'ai plus à combattre, cela signifie que j'ai gagné, n'est-ce pas ? Mais alors, pourquoi mes alliés se sont-ils évaporés eux aussi ?

Ils devraient être dans le camp des vainqueurs... Je n'ai jamais été très futé, mais tout de même... soit l'on gagne, soit l'on perd. Une pièce ne peut pas tomber sur la tranche. Elle y hésite parfois, résistant vainement à la gravité, mais il faut bien qu'elle tombe d'un côté un jour ou l'autre. Où irions-nous si les pièces restaient coincées dans un entre-deux ?

Et moi ? Qu'adviendrait-il si je restais coincé ici ? J'appelai de nouveau. Toujours aucune réponse.

Il existe plusieurs sortes de silence et chacun d'eux a un sens qui lui est propre. Il y a celui qui précède l'action, celui qui suit une longue tirade, celui qui remplace la parole... mais celui-ci m'était inconnu. Il m'enveloppait tout entier, comme si j'étais serré dans un immense morceau de coton. Ce n'était pas un vrai silence. C'était une absence de bruit.

Je tapai des mains et elles rendirent un son mat. Je hurlai et n'entendis aucun écho. J'étais comme enfermé. Enfermé dans une forêt qui semblait pourtant bien réelle. Je pouvais voir l'humidité sur l'écorce des pins. Je sentais même sous mes pieds le tapis d'aiguilles mortes, que je n'avais pas remarqué jusqu'à présent. Je pouvais également percevoir l'odeur des conifères. La forêt était bien autour de moi, j'en aurais mis ma main à couper.

Mais alors, où était la boutique ? Le piano se trouvait toujours devant moi. Je m'approchai et appuyai sur une touche. L'instrument rendit une note étouffée, comme étaient étouffés mes vains appels.

Si le piano était réel, la boutique devait l'être également. La forêt serait alors un produit de mon imagination. Mais l'odeur ? Le contact des aiguilles ? Le doute m'envahissait, et je passai encore quelques minutes à hésiter, ne sachant que penser. Puis je trouvai un stratagème qui s'apparentait un peu à une solution.

Ce qu'il me fallait faire, c'était choisir entre les deux mondes qui s'offraient à moi : me concentrer sur l'un d'entre eux pour que le second se dissipe. La chose n'était pas aisée, car il fallait prendre la bonne décision. D'un côté, il y avait cette forêt que j'adorais et qui me rappelait tant de souvenirs. Ce lieu magique que j'avais parcouru des centaines de fois le jour, et sans doute encore plus en rêve. Ce hibou qui m'appelait chaque nuit à le rejoindre pour vivre des aventures jusqu'au matin. De l'autre, il y avait la sécurité de cette boutique et de son piano, des choses que je n'avais jamais vues en rêve et qui de ce fait me paraissaient plus concrètes.

J'observai une nouvelle fois les alentours, à la recherche d'un signe qui m'aurait aidé à prendre la bonne décision. Mais j'étais désespérément seul et je compris que le hibou et l'étrange lutin ne seraient plus là pour me guider. S'ils ne se manifestaient pas, cela signifiait probablement qu'ils n'avaient plus besoin de moi – ou bien que je n'avais plus besoin d'eux. Dès lors, la forêt ne me semblait plus être une option tangible.

Je tournai le dos au piano pour ressortir de l'arrière-boutique, délaissant la pinède. À mesure que j'avançais dans la pièce, les arbres s'effaçaient peu à peu. Leur texture perdait en réalisme, jusqu'à ce qu'ils ne deviennent que d'étranges ombres autour de moi. Le piano aurait-il pu se dissiper de la même manière si j'avais fait le choix inverse ? Je n'aurais pas l'occasion de vérifier.

Je retrouvai rapidement la boutique. L'homme qui y travaillait n'avait pas bougé et ne sembla pas plus remarquer ma présence qu'auparavant. Je sortis sans un mot et ce fut avec plaisir que je retrouvai les bruits de la rue. Une voiture klaxonna tandis qu'un piéton traversait juste devant son pare-chocs, et cela suffit à me sortir de ma torpeur. L'espace d'un instant, j'oubliai les pensées que j'avais eues dans le magasin de jouets et je replongeai dans la « vraie » vie. Là, c'était concret. Pas d'histoires étranges, pas de souvenirs si longtemps enfouis que je finissais par douter de leur véracité.

Et c'était pourtant la preuve que j'avais vaincu le serpent. J'avais gagné mon combat, et ma récompense était cette réalité dans laquelle je vivais. J'habitais l'instant présent plus que je ne l'avais jamais fait. Moi qui étais toujours passé pour un rêveur, toujours un peu perdu dans mes pensées, je reprenais mon destin en main. Il était temps que j'arrête de ressasser mes actes manqués. Ma carrière ratée dans la musique ? C'était du passé. Et je me sentais désormais suffisamment fort pour tenter de nouveau l'aventure. Cette fois, cela fonctionnerait parce que je m'étais enfin débarrassé de ces interrogations qui m'empêchaient d'avancer.

Je rentrai chez moi précipitamment, habité par une énergie nouvelle et la tête pleine de nouveaux projets.

Mais à peine avais-je passé la porte que je vis, sur le porte-manteau, dans l'entrée encore plongée dans la pénombre, deux yeux qui me fixaient. Et une voix me susurra :

— *Sssssssce n'est jamais fini.*

Le cadran

I – Amélie Sapin

II – Petit Caillou

III – Patrick Ugen

IV – Kitel

V – Sylvain Namur

— Tu as quatre jours de retard, constate le vieil antiquaire.

— Oh, vous savez, quitte à être en retard autant prendre son temps. Et regardez le résultat, comme neuf ! dit fièrement Simon.

— Hum, comme neuf pour une vieillerie, observe André en examinant le travail de restauration effectué sur la pendule qui avait failli expirer sa dernière seconde.

Féru d'histoire et d'antiquité, Simon travaille à mi-temps dans la boutique d'antiquité du vieil André pour l'aider à financer ses études. À trop aimer le passé, les proches de Simon s'inquiètent pour son futur. Mais ils sont bien les seuls.

La boutique d'André est une caverne remplie de poussière et de mystères. De choses tombées dans l'oubli et la désuétude. Des objets encombrants et branlants mais des objets qui ont une âme.

Quant à André, il est aussi expressif et aimable qu'une porte de prison. La mère de Simon aime faire remarquer que comme ses antiquités, son cœur a fini par rouiller. Peut-être qu'elle n'a pas tort.

— Simon, je ne vais pas avoir le temps aujourd'hui de….

— M. André, il faut prendre le temps sinon c'est lui qui vous prendra ! raille-t-il.

— Grr. Je voudrais que tu catalogues ce que la ville m'a déposé.

Il désigna un monstrueux bric-à-brac.

— D'où ces objets viennent-ils ?

— De la maison de la vieille Dorothée.

— Elle est morte ? demande Simon, inquiet.

— Cette sorcière ?

C'est ainsi que le vieux André désignait toute femme célibataire de plus de quarante ans avec un félin pour seule compagnie.

— Elle a toujours été gentille avec moi.

— Ouais, à te refiler ses bonbons aux plantes faits-maison…. Elle était quand même *bizarre*.

— Il y a des gens *bizarres gentils* ! réplique Simon. Est-elle morte ?

— Et il y a des gens *bizarres flippants*. Morte ? Tout pareil, elle a disparu depuis quelques temps ! Une excentrique déglinguée de moins. La ville a saisi sa maison et m'a déposé tous ses meubles et bibelots. En espérant qu'il y ait des choses de valeur… allez au boulot !

Le vieil homme disparaît en un battement de cils, tel un vautour allant rôder auprès de nouvelles antiquités à dénicher.

Simon ne se laisse pas démonter par le monticule éclectique. Il recense les bougeoirs en argent, la collection de boîtes de camemberts (pas très vendeur !), les casseroles en fonte. Il finit par tomber sur un magnifique coffret en bois sculpté. Il le pose sur son bureau et l'observe avec plus d'attention. Que contient-il ? Un trésor ? Il l'ouvre avec précaution. À l'intérieur, se trouvent deux gros cadrans identiques et un emplacement vide qui devait en contenir un troisième.

Il a toujours été fasciné par les montres et les horloges. Cette petite création humaine, ce « Dieu sinistre, effrayant, impassible [1]» qui

---

[1] Poème *L'horloge* de Charles Baudelaire dans le recueil *Les Fleurs du Mal*.

régit toutes nos vies et dicte chacun de nos instants. Pourtant, rebelle dans l'âme, il aime bien être en retard, par esprit de contradiction.

Il prend le premier cadran qui en regroupe trois plus petits. La monture du cadran est un drôle d'alliage qui reflète étrangement la lumière. Or ? Argent ? Rien de tout ça. Il ne connaît pas cette matière. Une inscription est gravée. Une phrase dont il ne reconnaît aucune lettre. Ce n'est ni du latin, ni du grec. Pour l'heure, c'est du chinois pour lui. Façon de parler.

Dans chaque sous-cadran, une aiguille est tournée vers un curieux symbole qu'il n'arrive pas à déchiffrer. Cet objet ne ressemble absolument à rien de ce qu'il connaît. À quoi peut-il servir ? Donner la pluie et le beau temps ? Indiquer les points cardinaux ?

Les trois petites aiguilles sont immobiles et le fixent. Peut-être faudrait-il remonter cette horloge bizarre aux multiples cadrans ? Des tiges sur chaque côté permettent de déplacer les aiguilles. Il décide d'activer le mécanisme pour voir si l'ensemble fonctionne. Et de une. Et de deux et de trois.

Simon est brusquement au cœur d'une tornade. Avalé comme une miette de pain par un aspirateur. Sa tête est un carrousel diabolique. Il ferme les yeux. Tout tourne autour de lui et le sol finit par se dérober sous ses pieds.

Quand il reprend connaissance, nauséeux, un matelas de cailloux lui sert de lit. Une épaisse forêt l'entoure. Bien sûr, il a fallu qu'il atterrisse sur le seul endroit jonché de cailloux. C'est encore bien sa chance. Est-il en train de rêver ? Il observe le sol verglacé et regarde dépité ses sandalettes. L'hiver semble avoir balayé l'été en un rien de temps. Comment pouvait-il se trouver il y a quelques secondes dans la boutique d'antiquités et juste après ici ? Où est ce « ici » d'ailleurs ? Il repasse les dernières secondes dans sa mémoire. Le cadran ! Il cherche l'objet et le trouve un peu plus loin. Dans la chute, le verre protecteur s'est brisé et une des trois aiguilles fait la grimace.

— Le vieil André va me passer un savon ! soupire-t-il en se frottant la tête (il a au moins une bosse, au cas où ça vous intéresse).

— Quelque chose me dit que tout est de ta faute, dit-il au cadran comme si l'objet allait lui répondre.

Après tout, pourquoi pas ? Si le cadran a le pouvoir de le transporter ici, il a peut-être une commande vocale. Simon regarde avec méfiance l'objet. Dans la boutique, il a tourné les aiguilles pour les remonter mais ne se souvient plus de leurs positions initiales. De peur de se retrouver au fond d'un gouffre ou au cœur d'un volcan, le jeune homme n'ose pas les bouger de nouveau.

Le ciel n'est qu'un couvercle opaque de branches qui laisse à peine filtrer la lumière. Simon se met en marche dans cette forêt digne des contes de fées, peuplée d'arbres aux formes étranges, de lianes et d'épines gigantesques. Le froid tombe brutalement.

— Il ne manquerait plus que le Petit Chaperon Rouge se ramène et ce serait le bouquet final !

Ou pire, le loup….

Simon espère que marcher lui remettra les idées en ordre. Avancer dans la forêt est difficile car les lianes végétales se liguent contre lui. Le moindre craquement paraît suspect. Où va-t-il ? Aucune idée, mais l'immobilité est sa pire ennemie. Un cri déchire le silence oppressant et le fait sursauter. Simon est quelque peu rassuré quand il s'aperçoit que ce n'est qu'un énorme rapace qui se pose sur une branche.

— Je ne serai pas ton quatre-heures, je te préviens. Va-t-en !

L'oiseau s'envole et déploie de grandes ailes bleues nuit qui luisent dans la pénombre. Il n'est pas ornithologue mais quelque chose lui dit que cette espèce n'existe pas sur Terre. Où est-il ? Dans un monde parallèle ? A-t-il remonté le cours du temps ? Ses pensées se concentrent sur Dorothée, la sorcière de la ville qui a « mystérieusement » disparu quelques années auparavant…Le souvenir de l'écrin manquant un cadran lui revient à l'esprit. A-t-elle atterri ici aussi ? Ce cadran sert-il à voyager ? Dans le temps ? L'espace ?

De toute façon avec cette aiguille cassée, Simon ne peut plus aller nulle part.

Soudain, le bruit du tonnerre secoue la forêt. Les vibrations le font trembler (à moins que ce ne soit la peur ou le froid !). Simon distingue au-dessus de la cime des arbres un objet volant en rase-motte. Le vaisseau doit chercher à se poser ce qui veut dire que la sortie de ce labyrinthe végétal ne doit plus être trop loin. Son cerveau bouillonne. Courir! Vite! Qui dit vaisseau dit au moins un pilote. Peut-être même des passagers et une ville. Peut-être qu'ils pourraient l'éclairer ? Il s'élance plein d'espoir dans la végétation.

Tournez la page

Illustration grand format

Mais Simon retient son bras, renclot l'appel qui allait sortir de sa bouche. Une intuition, une brusque prudence l'empêche d'interpeller l'inconnu. L'étrangeté du personnage l'a figé dans son élan d'espoir. Tout dans cette chose inhumaine paraît une menace : ce n'est pas tant qu'elle soit tripode et immense ; ce n'est pas sa peau de métal vert au réseau sinueux de veines rouges. Le danger n'est pas dans l'apparence. Non, c'est ce regard inquiétant, agressif qu'elle a porté dans sa direction lorsqu'il a bougé, c'est le bruit métallique de ses pas sur la roche ou sa main qui semble plus modelée pour la violence que pour l'amitié. Il se dissimule derrière un arbre et observe la créature. Elle avance vers la tour conique dont les murs de chaque étage miroitent aux lueurs du ciel glauque. Il la suit, en silence. À force de se propulser de caches en abris, il en est tout proche ; au seuil du bâtiment, la créature se retourne pour un dernier tour d'horizon. Dans un chuintement humide, horrible mélange glaçant de grésillement électrique et de succion de chair, le haut du corps de la créature tourne à 360 degrés au-dessus de son bassin immobile puis revient à sa position initiale. Il retient une nausée. Rassuré, le tripode pénètre dans la tour. Au centre du hall, un plateau ouvert et transparent l'élève dans les étages. Simon le suit, entre avec précaution. Les parois resplendissent d'éclats de métal et de verre qui lui rappelle l'étonnant alliage du cadran. Il guette le moindre bruit. Rien. Rien jusqu'à d'affreux hurlements, des voix qui se mettent à geindre lugubrement. C'est au deuxième ou au troisième niveau. Les voix sont humaines. Alors, il n'hésite pas, saute sur le plateau de cristal qui se meut à l'allure de sa pensée. En quelques secondes, il est au troisième niveau. Une voix rauque ordonne quelque chose d'incompréhensible suivi d'un message à la diction électronique.

— Où est le troisième cadran ? demande la voix.

— Je ne sais pas, répond quelqu'un dans un souffle.

Un grésillement, un hurlement, une écœurante odeur de chair brûlée.

Et la voix redemande :

— Où est le troisième cadran ?

— Je vous dis que je ne sais pas, gémit la voix exténuée.

Simon se rapproche : sur des fauteuils translucides, il aperçoit deux personnes, l'une évanouie, l'autre encore consciente qui répète à nouveau :

— Puisque je vous dis que je ne sais pas.

De la main du tripode surgit une vrille chauffée à blanc qui tatoue de zébrures sanguinolentes le corps du supplicié. Un grésillement, un hurlement, une écœurante odeur de chair brûlée. Simon tressaille à chaque fois, est pris d'un élan : aller à son secours, le soustraire à ce barbare mais que pourrait-il faire ? Simon doit élaborer un plan. Il observe mieux le lieu pour essayer d'y puiser une idée, un recours et la surprise le fige. Ces cheveux blancs ! Cette robe extravagante et défaite ! Ce visage, même si la douleur le défigure ! C'est Dorothée.

La créature reprend son interrogatoire, dit quelque chose à Dorothée sans utiliser de traducteur. Elle redresse la tête, sourit, crache. Un coup de vrille encore. Encore un hurlement. Dorothée reprend son souffle et répond un message bref, sec dans la langue du tripode. Son tortionnaire, furieux, ouvre son traducteur, réplique:

— Quoi ! Tu refuses de nous parler dans ta propre langue ! Tu nous as trahis à ce point ! Je ne pensais pas que la transcorporation aurait eu cet effet. Peut-être que lorsque tu reprendras forme, tu retrouveras tes esprits.

— N'y compte pas !

— Tu es vraiment la honte de notre race !

— Peu m'importe que vous le croyiez, je ne vous dirai rien.

— C'est stupide, tu sais bien que ton refus n'empêchera rien. Il nous retarde un peu, c'est tout. Tes souffrances valent-elles cette piètre consolation ?

— Je fais ce que je dois.

— Tant pis pour toi, j'ai tout mon temps.

Alors, à nouveau, la main du monstre blanchit et grésille, s'allonge et devient vrille, s'approche du visage de Dorothée.

Bouge-toi, fais quelque chose. Bon sang, Simon, vite ! Réfléchis.

Il cherche dans ses poches, regarde autour de lui. Rien. Quoi faire contre ce géant ? Improviser ? Alors, il sort de sa cachette et s'avance, toise le monstre dont la main laser est à quelques centimètres du visage de Dorothée et déclare :

— Moi, je sais où il se trouve.

Le monstre suspend son geste…

Tournez la page

Illustration grand format

Quoi ?
SVIMP!
COURS Simon!
A L'ATTAQUE
?
Hein ?
HEIN !!
HEINNNN!
J'suis mort ...

WOUHA
Où... suis-je ? Haha on dirait Sherwood !!
Donne-moi le cadran ?
Nellh, Dorothée veut parler à l'humain
Bizarre P'tit Jean quand même !

Nellh ne cille pas, menaçant toujours Simon de son arme. La voix se manifeste une seconde fois :

— Tout de suite !

Autoritaire, l'ordre ne souffre aucun appel. Nellh abaisse donc son poignet, à regret, et lance un cinglant « Suis-moi » à Simon, puis lui tourne le dos et s'avance vers une immense tenture tendue entre les arbres. En chemin, Simon peut observer le camp. La première chose qui le frappe est les gens qui l'occupent… il ne voit qu'une dizaine de personnes, mais toutes paraissent être des clones ! Il lui semble reconnaître son amie Dorothée ou, ce qui revient au même, sa « nouvelle amie » Nellh, en chaque individu qui, avec des gestes précis, dans une orchestration toute militaire, démonte le camp à la hâte. Un peu plus loin, des oiseaux immenses, les mêmes que celui qu'il a pu croiser plus tôt dans la forêt, ou que celui qui lui a sauvé la vie quand il a été précipité du haut de la tour, attendent que l'on charge les cordes, les étoffes et les piquets des barnums sur leur dos.

Nellh s'immobilise devant l'entrée et, le défiant du regard, lui fait signe d'entrer, sans ajouter un mot. À l'intérieur, deux autres personnes, encore des copies, s'affairent. Celle qui range des objets brillants dans des malles se tourna vers Simon, et l'accueillit d'un sourire sévère. Elle tourna la tête vers sa jumelle et lui demande de sortir.

— Simon, c'est donc vrai… Tu es vraiment ici… C'est bien moi, Dorothée. J'imagine que tu dois avoir des milliers de questions. Hélas, nous n'avons pas trop de temps.

— Mais…. Je… Où… Qui…

— Pas le temps je t'ai dit. Arxaxe doit être sur nos traces et…

— Arxaxe ?

— Ne m'interromps pas toutes les cinq secondes, on n'a pas le temps je t'ai dit ! Arxaxe, c'est le tripode que tu as croisé en haut de la tour de verre. Quand Nellh a été obligée de risquer de révéler notre position pour te sauver la vie.

— D'accord... Mais...

— Laisse-moi parler !

Nellh, ou un autre clone, entre en courant, yeux froncés, joues rouges et, sans aucune cérémonie, va chuchoter quelques mots à l'oreille de Dorothée. Sa bouche déjà tirée retombe encore, des poches se creusent visiblement sous ses yeux qui se ternissent. Elle remercie l'intruse, qui n'était pas Nellh... Puis retourne à Simon.

— Il arrive. Nous sommes plutôt bien dissimulés, mais nous avons au mieux dix minutes. Le cadran, tu l'as ?

— Je... Je l'ai caché dans la forêt.

— Inconscient ! Mais pourquoi as-tu fait ça ?

Gênée, elle ajoute sur un ton plus doux :

— Tu saurais le retrouver ?

— Euh... Bien sûr. Il suffit de me ramener vers la tour et...

Il n'a pas le temps d'ajouter un mot que Dorothée, démontrant une force incroyable, le saisit comme elle l'aurait fait d'un sac de pomme de terre et le traîne à travers les bois à une vitesse prodigieuse. Sans montrer aucun essoufflement, elle lui raconte alors :

— Il y a quelques décennies, notre peuple a fait une découverte sensationnelle. Un cristal contenant une énergie colossale, capable d'infléchir l'espace et le temps. Sauvage, le minerai se montrait terriblement dangereux. Beaucoup ont été transportés… On ne sait où d'ailleurs. Mais à force de patience et de précautions, nous avons fini par l'apprivoiser, le domestiquer, et pour ce faire, nous l'avons enfermé dans douze différents cadrans, réunis par trois dans un coffret, car il en faut trois pour ouvrir une brèche spatio-temporelle permettant à l'un d'entre nous de passer d'un monde à l'autre. Tu l'auras compris, ces macles sont incroyablement rares. Ce qui est rare attise les plus viles convoitises… Alors notre peuple s'est déchiré. Dans les plus hautes sphères au départ, les dirigeants ont commencé par ne plus s'entendre, puis se sont ouvertement affrontés, querelle qui s'est répercutée sur le peuple qui, retournant les outils du quotidien des uns contre les autres, a fini dans un véritable bain de sang. De cette terrible lutte, le clan d'Arxaxe a réussi à ressortir avec neuf des douze cadrans. Ils les ont disséminés à travers les mondes afin de nous empêcher de les reprendre. Quand je t'ai connu, sur la Terre du XXIème siècle, je venais de retrouver l'une de ces boîtes. Hélas, si les trois cadrans unis permettent d'ouvrir une brèche, il est très compliqué de les faire passer d'un seul coup dans le passage. J'ai essayé, mais un seul m'a suivi, les deux autres restant sur terre. Heureusement, je le savais, et avais anticipé le problème. Mon exploration du temps m'avait permis de voir qui pourrait me ramener les deux autres, et c'est ainsi que j'ai pu vous préparer Helena et toi, à passer le portail avec seulement un des artefacts.

— Helena ?

— Oui, tu ne la connais pas. Bref, vous autres humains, avec juste un peu de préparation, vous pouvez focaliser la force du cristal en n'utilisant qu'un seul cristal… Tu te rappelles mes bonbons ? Ceux dont tu étais si friand ? En fait, il s'agissait d'une drogue destinée à te faire passer dans notre monde. On y est.

En effet, à quelques mètres devant eux, la clairière dominée par la tour semble les appeler. Le cadran n'est qu'à quelques pas d'ici, pensa Simon. C'est là qu'il l'avait dissimulé, ménageant son meilleur atout pour rentrer chez lui. Elle regarde autour d'elle, à l'affût, puis le repose au sol.

— Donne-le-moi maintenant !

Devant un ordre sifflé d'une voix si autoritaire et l'attitude dure de son amie, Simon hésite :

— Je... Et tu vas en faire quoi de ce truc ? Qu'est-ce qui me prouve que c'est vous les gentils ? J'veux dire, vous en êtes à vous faire passer pour des humains alors qu'en fait, vous êtes le même... La même chose que l'autre... L'autre... Que l'alien !

Elle fait un effort pour se radoucir, et lui demande :

— Simon... Simon, nous n'avons pas le temps de discuter.

— Bon... Et si je te donne le cadran, il se passe quoi ? Quand vous les aurez tous ? Vous en ferez quoi ?

Fermant les yeux, elle inspire profondément, puis débite :

— Le clan Doxor, mon clan, ambitionne de créer des... Des autoroutes vers les autres mondes, vers le tiens aussi. D'organiser des échanges, dont nous serions les maîtres, de transformer certains de ces mondes, ceux qui le souhaitent, en atelier, d'autres espaces temps seraient dédiés aux loisirs... Un monde d'échanges, de prospérité pour tous... Un univers qui ressemblerait un peu à ce que vous avez fait à l'échelle de votre planète en fait.

— Ah... Et... Et l'autre clan, Arxaxe, il propose quoi ?

— Ce n'est en fait pas vraiment différent... Mais là où nous voulons créer le libre-échange, eux veulent anéantir les espèces récalcitrantes. Asservir les autres. C'est ça que tu veux ?

Simon se tait quelques secondes. Dorothée le presse silencieusement d'enfin se décider. Puis il répond enfin :

— En gros, tu me demandes de laisser ton peuple asservir tous les autres soit par l'argent, soit par un système féodal qui, de toute façon, sera rapidement renversé par un système économique ? Tu me demandes de répandre sur des civilisations dont je ne connais rien, pas même l'existence, les tares de mon système politique ? Tu exiges de moi que je choisisse pour eux entre la peste et le choléra ?

Il inspire. Ferme les yeux, et conclut :

— Tue-moi si tu le veux, mais non, vous ne l'aurez pas. Ni toi, ni lui.

Elle pousse un soupir las. Simon entend un grésillement électrique derrière lui. Et Dorothée lui répond :

— C'était de toute façon prévu comme ça. Finalement, ton entêtement ne va faire que nous retarder un peu.

Puis elle abat son poing, désormais terminé en vrille, dans la nuque de Simon.

L'hélicronaute

I – Joan Sénéchal

II – Alaïlou

III – Anthony Boulanger

IV – Adrien Ramos

V – Cédric Bessaies

Quand le vieux Weinstock toqua à ma fenêtre pour me dire qu'il avait trouvé une voiture broyée dans son verger, je compris intuitivement que ce n'était pas bon signe. La façon dont les silences avaient eu de durer. Ou dont il avait salué Sonia, un peu de biais, comme pour ne pas qu'elle l'entende ou le regarde. Sa voix, il faut le dire, était inhabituellement lourde de préoccupations, et même d'angoisse. Un ton que je ne lui avais entendu que lorsque sa fille Antonia avait failli mourir quinze ans auparavant, quand bébé Irven s'était présenté en siège et qu'il avait mis plus de vingt-cinq heures à sortir. Weinstock avait dû partir faire sa tournée pendant qu'elle était encore en lutte, et quand on lui avait demandé des nouvelles de l'accouchement, il avait simplement répondu : « Ça va pas trop ». On avait su après pourquoi.

— As-tu regardé s'il y avait des passagers à l'intérieur ?

— Hein ?

— Dans la voiture, il y a des gens ?

— J'ai l'impression qu'elle est vide.

— L'impression ?

— Je... Je m'suis pas vraiment approché…

— J'arrive.

— Je finis mon café et enfilai ma veste. Début septembre, les matins sont frais dans le coin. Sonia nous avisa au moment où j'allais sortir.

— Un problème ?

— Non, une petite balade matinale...

Ma voix se voulait rassurante, mais laissa une traînée bizarre dans la cuisine. Je ne développai pas et sortis prestement.

Weinstock m'invita dans son tracteur. Je montai d'un bond, et on s'en alla en ronflant et cahotant vers son coin du rang. Un peu plus d'un mile avec lui, les yeux dans le vide, droit devant la route. *Une voiture broyée...* La chose paraissait saugrenue, abstraite, je n'arrivais pour l'instant à ne m'en faire aucune idée et n'osais pas l'interroger plus avant. Ce ne fut que lorsqu'on dépassa sa femme Jenny, qui était dehors en train de jeter des grains aux poules, et qu'il ne lui adressa aucun regard, que je compris qu'il avait peur : une trouille viscérale qui le tétanisait.

Un virage, et nous prîmes la direction du verger. Son souffle se faisait plus court, ses mains tremblaient. Sans prévenir, il stoppa net sa machine.

— J'arrête là. Cent yards et tu verras la carcasse, pas loin du gros chêne. J't'attends ici.

C'était sans appel, je ne cherchai pas à discuter.

J'opinai et descendis, tâchant de rester calme et de ne pas me laisser contaminer par son état. Pommiers et poiriers étaient lourds de fruits, le sol jonché de belles formes rouges et jaunes, certaines fraîches et d'autres en décomposition, rongées par les insectes ou à moitié chapardées par les oiseaux, les écureuils ou les ratons laveurs. Je saisis machinalement une pomme qui pendait devant moi et la croquai, sans doute pour me donner une contenance. Elle était juteuse et sucrée, cela me rasséréra, et je me dirigeai à pas tranquille vers le grand arbre, le chêne où il avait construit la cabane pour ses petits-enfants et d'où pendaient deux balançoires.

Une voiture... Ce sont des choses qui arrivent par lendemains de tornades... de gros bouts de tôle, même des bêtes... cela s'est vu... Mais justement, il n'y avait pas eu de tempête la veille, ni les derniers jours d'ailleurs, pas même de grand vent. Et la route la plus proche était celle que nous venions d'emprunter, de gravier et de terre. Et derrière le verger, c'était la forêt dense et les collines où le vieux posait ses pièges à lièvres, où il allait chasser le dindon sauvage ou le chevreuil. Mais tout cela aurait à la rigueur expliqué son embarras, pas sa terreur. Non, cet effroi qui le glaçait et jetait son être dans la stupeur, je ne le compris véritablement qu'une fois devant la carcasse du véhicule.

Qu'est-ce que ?... Weinstock avait dit voiture, mais cela ne ressemblait en rien à notre bonne vieille Ford T, ni même à une Sunbeam Sport, une Panhard & Levassor ou à la dernière de Chrysler. C'était un cockpit deux places, dont le fuselage était un mélange d'acajou et de métal bleu brillant. Il n'y avait que trois roues, et devant, une sorte de grande hélice en bois pour propulser le tout. On aurait pu croire que cet engin était arrivé ici en volant, mais il n'avait pas d'ailes. Mais le plus étrange, le plus choquant, c'était la manière dont il était enfoncé dans le sol, profondément, et dont il était plié en deux par le milieu, comme si des mains énormes à la force colossale l'avaient tordu depuis les deux extrémités, puis jeté là depuis le ciel comme un vulgaire papier froissé.

Je m'approchai. Et j'eus la réponse que le vieux n'avait pas été capable de me fournir un peu plus tôt. Il y avait bien quelqu'un à l'intérieur, une forme allongée, sur la banquette, avec un manteau de cuir et un casque d'aviateur, de dos. Son corps semblait intact, et plus étonnant encore, il paraissait bouger, respirer. Mieux : la personne dormait...

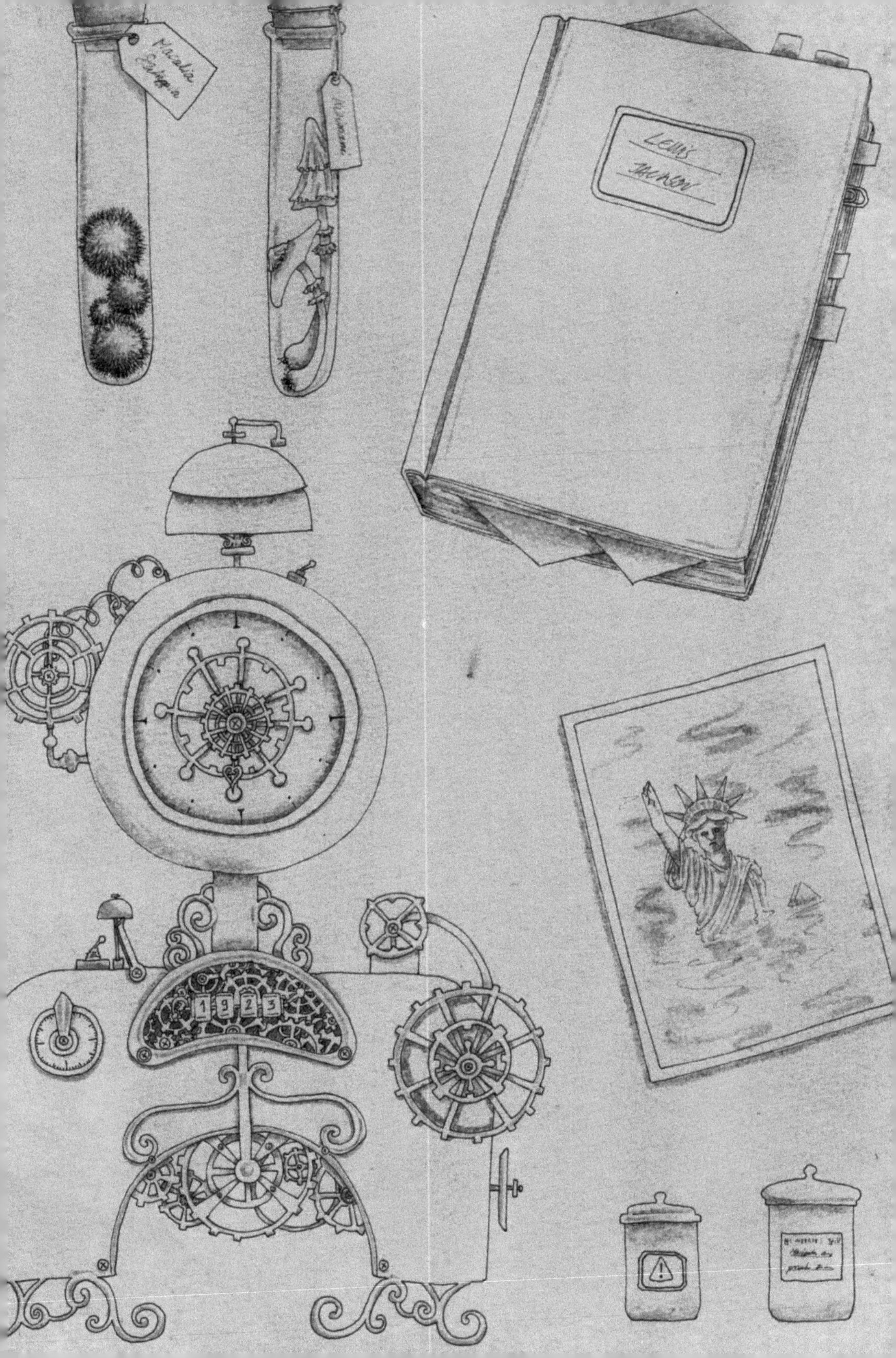

— Bon… lâchai-je à voix haute pour me reprendre. C'est en effet une situation inédite.

Quelque part, j'espérais que ma voix réveillât le… pilote. Je ne voyais pas d'autre mot pour désigner la personne, avec un tel accoutrement. Sans succès. De là où je me tenais, la respiration me paraissait toujours régulière, avec une pointe de sifflement confinant au ronflement. Situation inédite à plus d'un titre : si cet engin avait un jour eu des ailes, avaient-elles été éjectées par le pilote avant l'impact ? Mais plié en deux comme son engin l'était, on aurait dit qu'il venait de subir une chute libre plus qu'un vol plané ou propulsé. Et comment pouvait-on dormir après avoir subi un tel choc? Les engrenages les plus rationnels de mon esprit tâchaient de prendre de vitesse ceux qui voulaient y voir un événement surnaturel. J'imaginais que Weinstock n'avait pas pris le temps de formuler des hypothèses ou de lister les bizarreries qui devaient être expliquées par le scientifique que je me targuais d'être.

Pendant que je continuais à dresser la liste des questions en suspens, je me demandais toutefois ce que Weinstock avait pu imaginer pour ne pas vouloir s'approcher de la carcasse à nouveau. J'avançai de deux pieds supplémentaires quand une sensation de déjà-vu se saisit de moi. J'en avais déjà expérimenté, tout le monde en avait déjà expérimenté, mais celle-ci avait une intensité surprenante. Inédite fut le mot qui me revint en tête. Je me voyais avancer d'un pas, puis reculer alors que je n'avais pas encore fait ce geste, alors que je commençais seulement à me dire que je ne devrais pas aller plus loin si le phénomène s'accentuait. Mais j'avançais, ou en tout cas, je me voyais avancer, reculer d'un pas, secouer la tête, baisser les yeux sur la pomme que j'avais toujours en main et qui était reconstituée, puis de nouveau croquée, puis simultanément réduite à un trognon rongé par les vers. De plus en plus de versions de la pomme se superposaient sous mon regard et quand je fis l'erreur de regarder plus attentivement ma main, je la voyais subir le même phénomène. Elle avait tantôt l'air toute ridée, puis squelettique, pour redevenir celle d'un bambin, jusqu'à reproduire à un instant fugace cette blessure que m'avait infligé un chien trop enthousiaste. Mal de crâne aidant de plus en plus, je réussis enfin à reculer pour de bon et à m'extraire de cette zone de folie furieuse et hallucinatoire, tout en lâchant un gémissement de douleur.

— Je… Ne vous approchez pas plus, me lança une voix. Les interférences. Trop fortes encore.

Sans pour autant se lever, le pilote avait tourné sa tête. Sûrement avais-je réussi à l'éveiller, enfin. Je comprenais mieux ce que Weinstock avait dû expérimenter, au-delà de la simple vue de ce véhicule, pour refuser en bloc de s'approcher.

— Quelle année ? articula le pilote, la voix pâteuse.

— Comment ça, quelle année ? demandai-je.

J'étais sous un double, non, un triple choc. Même Si Weinstock m'avait préparé à quelque chose quelque peu hors du commun, il y avait ce véhicule, ces… soi-disant interférences, puis cette question.

— En quelle année pensez-vous être ?

— Vous n'avez pas l'air très décontenancé. Je ne suis pas allé assez loin.

À cet instant, j'étais pris entre un sentiment de danger et une excitation mâtinée de curiosité. Cet homme avait l'air fou. Même s'il ne paraissait pas dangereux, mais excentrique, il me fallait rester méfiant. Mais… mais ce mystère total qui enveloppait la voiture, son passager, le phénomène… Il titillait trop ma curiosité, mon besoin de réponse, je pressentais un mystère auquel confronter toute ma rigueur scientifique et mon intellect.

— Nous sommes en 1680, rétorquai-je.

Je vis les sourcils de mon interlocuteur se froncer.

— Vous cherchez à me tester. À votre mise et votre façon de parler, je dirai que nous sommes au vingtième siècle après Jésus-Christ, selon le calendrier en vigueur à l'époque. Ce n'est pas tant l'hélicron qui vous étonne que moi. Cela veut dire que vous connaissez les hélices, et les véhicules automobiles, et que ces deux technologies sont communes. Vous n'avez pas l'air si inquiet de rencontrer un étranger, doté d'un accent différent du vôtre, donc nous sommes suffisamment loin des deux guerres… Années soixante-dix, années quatre-vingt.

Je laissai quelques instants passer avant de répondre. Le soufflé retombait. Le mystère se dissipait. Tout ceci était un vaste canular. Un comédien qui voulait se payer ma tête, une mascarade dont Weintstock était le complice involontaire et malheureux.

Tout comme je l'avais observé, le pilote me retournait mon regard.

— J'ai perdu de ma crédibilité, si je traduis correctement votre visage refermé, reprit-il, et je ne sais pas pourquoi. Soit je suis tombé trop loin de la vérité, soit j'ai vu si juste que vous pensez que c'est un canular. Et dans ce dernier cas, je me retrouve piégé. Comment vous prouver que je suis réellement ce que je suis, à savoir un voyageur temporel ? Monsieur, vous m'avez l'air raisonnable. Pouvez-vous m'aider ? Je pense que ma jambe est coincée. Ne craignez plus les interférences, elles ont dû se résorber le temps de notre échange.

Je m'avançai, à nouveau, avec plus de mesure cette fois-ci. En approchant de la zone desdites interférences, je lançai la pomme, mais aucun soubresaut de vieillissement ou de rajeunissement ne s'empara d'elle. Je me rapprochai à mon tour et ressentis à peine un fourmillement en arrivant à quelques pas du véhicule.

— Merci pour votre aide, reprit le pilote.

— Je n'ai pas encore décidé de vous aider, le corrigeai-je.

Il ne commenta pas. Il me laissa approcher, et je constatai qu'en effet, ses jambes étaient prises dans un étau à cause de son espèce de tableau de bord. À proximité, des papiers et une fiole avaient été éjectés lors du choc. Je ramassai un cahier en premier lieu. La page de garde portait un nom :

— Vous vous appelez Lewis Jackson ?

— Non. C'est… Ce sera un ami proche. Mon nom est Thompson, Philip.

Je tiquai un peu plus en entendant ce patronyme.

Weinstock imposa de garder le silence sur cette histoire. Trois jours s'étaient déjà écoulés depuis que nous avions installé l'étranger dans la vieille grange. Il consacrait ses journées à la réparation de sa machine tandis que je faisais tout pour l'éviter. Sonia était la seule à lui apporter les repas et veiller à ce qu'il ne prenne pas froid – les nuits d'automne pouvaient être retorses dans la région.

J'avais beau prétendre à moi-même que je ne voulais pas rentrer dans son jeu, que tout cela n'était qu'une farce de mauvais goût, le doute était tenace. En réalité, seule la lâcheté, peut-être la peur, m'empêchait de m'approcher de ce Thompson Philip. Des sentiments irrationnels et pourtant bien réels ; à l'image de tous les sentiments, supposai-je.

Bien que je me refusais à croire au voyage dans le temps, les interférences que j'avais expérimentées me hantaient. J'aurais pu mettre ces illusions sur le compte des étranges champignons contenus dans ses fioles, mais il y avait autre chose. Cette photo que j'avais aperçue dans son véhicule et surtout ce nom, Thompson Philip, je les connaissais.

Peu avant que le soleil ne plonge dans les méandres de l'horizon, je me rendis à la grange. Fuir ne mènerait à rien, il fallait que je sache. Je tirai la lourde porte qui, dans un tumulte grinçant, s'ouvrit avec peine. Les teintes propres au crépuscule se déversèrent à l'intérieur, soulevant les parfums de foin, de poussière et de métal.

L'étranger, absorbé par son travail, leva à peine la tête vers moi. Son engin en partie démonté avait retrouvé une forme à peu près *normale*. Il s'en dégageait cependant quelque chose de dérangeant. Posé à terre près de l'homme, le carnet était ouvert sur des schémas complexes. Après une brève hésitation, je me lançai :

— Je dois vous parler.

Il suspendit ses gestes et se tourna vers moi avec un sourire pincé.

— Je vous écoute.

— Vous maintenez être un voyageur temporel ?

— Oui, bien que je comprenne que cela soit difficile à croire.

Je fis quelques pas dans sa direction.

— Que faites-vous ici, à notre époque ?

— Comme je vous l'ai déjà dit, c'est une erreur. Je cherche à repartir.

Dans son véhicule, une étrange machine aux engrenages extravagants affichait un nombre.

— En 1923, devinai-je. Pourquoi ?

— Cela serait trop long à vous expliquer, et vous ne me croiriez pas de toute façon.

— J'ai tout mon temps, réfutai-je. Et si vous êtes bien ce que vous prétendez, vous aussi, puisque vous remonterez le temps une fois vos réparations achevées.

Son sourire se fit plus sincère, peut-être amusé.

— Pour faire simple, cette date est la plus ancienne à laquelle je puisse remonter. Je doute que ce soit suffisant pour mener à bien ma mission, mais même la technologie de mon époque a ses limites.

— Cela a-t-il un rapport avec votre ami ? Lewis Jackson ?

— Pas tout à fait, éluda-t-il. Il m'a aid… il m'aidera juste à atteindre cet objectif.

Je glissai la main dans la poche de ma veste pour en ressortir le cliché de la Statue de Liberté.

— Est-ce lié à cette photo ?

L'espace d'un battement de cœur, son visage se figea, puis se tourna vers son appareil. Il fouilla dans la boîte à gant pour en ressortir une photographie en tout point identique à la mienne.

— Ces derniers jours, votre nom me tracassait. J'étais persuadé de le connaître, sans parvenir à l'attribuer à quelqu'un. Puis je me suis souvenu : Philip Thompson est un vieil ami à moi qui habite New York. Il y a quelques années, il a joint ce cliché à l'une de ses lettres.

Soudain, *l'autre Thompson* parut soucieux.

— La situation est pire que je le pensais, souffla-t-il.

Il posa sur moi ses yeux noisette, pris d'un sérieux inquiétant.

— Écoutez, j'ignore si votre ami existe, mais vous vous trompez. Les interférences créées par mon accident ont eu plus d'impact que je l'avais imaginé. Vous me regardez comme si j'étais fou, mais posez-vous la question : ce que vous me dites vous paraît-il cohérent ?

Ma circonspection dut se lire sur mes traits car il précisa :

— Mon nom vous est familier, il vous laisse l'impression d'un *déjà-vu*, mais votre cerveau était incapable de le fixer à quoi que ce soit. Finalement, vous l'avez attribué à l'un de vos amis. Mais est-ce possible ? Comment auriez-vous pu oublier jusqu'alors le nom de cet ami ?

—Je… Je ne suis pas certain de vous suivre.

— Laissez-moi vous poser une question plus simple. Dans quel état est la Statue de la Liberté ?

Je haussai les épaules.

— Je l'ignore. Je suppose qu'elle doit commencer à rouiller.

— Vous paraît-il plausible que, comme la majorité de la ville, elle soit presque intégralement détruite et inondée ?

— Bien sûr que non, c'est absurde !

— C'est pourtant bien son état là-dessus.

Il leva sa photo devant moi. Je la fixai, interdit, avant d'examiner la mienne avec la même stupeur.

— Elles ont sans doute été trafiquées… murmurai-je sans y croire.

Mais l'homme ne m'écoutait déjà plus. Comme frappé de manie, il se précipita sur sa machine pleine de rouages, la manipula jusqu'à changer les chiffres qui s'y affichaient, bien plus nombreux à présent. *0.972038.*

Malgré le peu de lumière qui filtrait de la porte, je me rendis compte de la pâleur extrême de son visage. Prononcés par une voix tremblotante, quelques mots s'échappèrent de ses lèvres :

— Je me suis trompé… encore…

Alors que je m'apprêtais à lui demander des explications, un fracas métallique retentit – semblable à un tracteur qu'un géant piétine.

Je me précipitai dehors pour découvrir, à quelques pieds de ma maison, un engin écrasé, plié en deux comme celui de Thompson.

J'approchai prudemment, découvrant bien vite que le véhicule à trois roues était le même que celui du voyageur. Mon estomac se noua. À l'intérieur, le pilote somnolait.

Sonia sortit de la maison, alertée elle aussi. Je n'eus pas le temps de prononcer le moindre mot qu'un nouvel éclat me fit sursauter, provoqué par le crash d'une troisième machine. Lentement, je levai les yeux vers l'obscurité du ciel. Dix, vingt, quarante de ces voitures à hélice chutaient. Puis bien plus.

J'assistais, impuissant, à une scène d'apocalypse. Jusqu'à ce que l'un de ces objets d'acier et d'acajou ne s'écrase sur moi.

*

Philip Thompson sortit de la machine, en sueur. Son ami, dans un coin de la pièce, lui adressa un sourire taquin :

— Alors, tu as encore détruit le monde ?

— Ce n'est pas drôle, Lewis. J'ai encore échoué…

Ce dernier, dont les cheveux grisonnants trahissaient l'âge, s'approcha et posa une main compatissante sur l'épaule de Philip.

— C'est ma faute, tu n'y es pour rien.

— Je ne comprends pas… marmonna-t-il sans l'écouter. La valeur de divergence avait presque atteint un pourcent. Même avec si peu d'éléments rapportés du futur, j'ai franchi la limite. Je ne comprends pas…

— Philip, écoute-moi. Regarde-moi.

Lewis força son compagnon à plonger ses yeux agités dans les siens.

— Tu n'y es pour rien, Philip. Ce n'est pas grave, ce n'était pas la réalité.

Peu à peu, le voyageur retrouva son calme. Il adressa un sourire las à son ami, hocha doucement la tête. Pensif, il s'avança vers la fenêtre sans vitre, s'adossa à son rebord. Dehors, le monde englouti avait progressé. Les eaux avaient encore gagné plusieurs centimètres.

Le bras brisé de la statue avait totalement disparu. Partout autour, les rares immeubles dont les derniers étages goûtaient encore à la caresse de l'air semblaient sur le point de disparaître, eux aussi. L'odeur diluée d'iode flottait partout, mêlée aux relents humides des moisissures.

— Je vais devoir y aller sans rien, reprit Philip. Le moindre paradoxe, le moindre objet d'une autre ère ébranle la valeur de divergence. Elle est trop fragile pour que je risque de tout faire échouer.

— C'est trop dangereux, protesta Lewis. Tu ne peux pas remonter le temps sans instruments. Encore moins sans instructions. Essaie une dernière fois, en ne prenant que le carnet.

Le regard du voyageur effleura l'épais cahier rempli de consignes et de notes. Puis il se perdit sur l'horizon inondé. L'humanité s'était noyée, leur dernier espoir reposait sur l'Hélicron. Il était le seul moyen pour changer leur avenir à tous avant qu'il ne soit trop tard.

— Nous n'avons plus le temps pour une nouvelle simulation. Le monde s'effondre, Lewis.

Les diodes bleues et vertes de l'appareil de simulation clignotaient faiblement, épuisées. Dans quelques heures, le générateur ne leur fournirait plus la force de continuer à vivre. L'homme qui l'avait conçu soupira. Il savait qu'ils n'avaient plus le choix, à présent.

Philip approcha de la machine à l'autre bout de la pièce presque vide. Il avait navigué tant de fois à son bord – mais pas une seule réelle. Il effleura sa surface froide du bout des doigts, puis sourit.

— C'est notre dernière chance. Un seul voyage est possible.

Trois corbeaux gris

I – Marie D.

II – Léonard Bertos

III – Nicolas Parisi

IV – Thomas Pinaire

V – Lam

VI – Lancelot Sablon

Une vieille légende, un conte oublié, une mémoire perdue… Voici ce qu'est devenue l'histoire des trois corbeaux gris.

Autrefois, à l'époque du règne du roi David, vivait une grande famille de puissants sorciers, logée dans un château en plein milieu de la forêt des collines de Sainte Marie. Il y avait deux frères et une sœur : Thomas l'aîné, William le second et Lucie la cadette. Leurs vies étaient heureuses et paisibles. Depuis des générations, leur famille était appréciée des villages proches. Car il faut savoir qu'à cette lointaine époque, la magie était tolérée dans tout le royaume et elle faisait partie du quotidien de chacun. On faisait souvent appel aux sorciers pour guérir les humains et les animaux, pour aider à la construction des maisons, pour résoudre des conflits ou encore bien d'autres choses... Les êtres vivants dotés de magie vivaient donc en parfaite harmonie avec ceux qui n'en n'avaient pas. Thomas, William et Lucie rendaient très souvent service aux familles des alentours si bien que de grandes amitiés s'étaient créées, et avec le temps, de grands amours. La famille s'était donc agrandie, le château accueillait désormais de nombreux enfants courant dans ses couloirs et jouant à cache-cache dans le jardin.

Mais arriva ensuite cette obscure période que tout le monde connaît.

La mort du roi David plongea le royaume tout entier dans une grande tristesse. Mais le peuple eut à peine le temps de pleurer leur bien-aimé monarque, que d'autres larmes coulèrent et pour des raisons bien plus sombres. Ce fut le terrible règne du roi Victor et le début de sa grande guerre. Celui-ci avait en haine tout ce qui se rapportait de près ou de loin à la magie et s'attaqua donc à ses pratiquants. De nombreux sorciers et sorcières furent traqués et tués. La panique se propagea dans tout le royaume qui voyait disparaître leurs protecteurs. Un climat de peur, de misère s'installa et arriva jusqu'à la colline de Sainte Marie.

Thomas, William et Lucie furent appelés à l'aide par leurs amis villageois. Remplis de courage et n'ayant aucune peur face aux troupes du roi Victor, les frères et sœur, coururent porter leur aide. Tous les trois étaient de puissants sorciers et ils repoussèrent les soldats avec une grande vivacité. La première troupe fut vaincue… mais la deuxième pris la relève… puis vint une troisième, etc… la bataille était infinie entre la fratrie et les soldats du roi Victor.

Afin mettre un terme au conflit, le roi Victor leur proposa un marché qu'ils acceptèrent : une ultime bataille, eux trois contre les trois champions de son armée. Évidemment, ce dernier combat ne dura pas très longtemps, car les sorciers ne firent qu'une bouchée de leurs adversaires. Mais il dura suffisamment, pour que s'exécute le vil stratagème du roi Victor. Pendant que Thomas, William et Lucie se battaient, l'infâme roi avait mis à feu la grande forêt qui abritait leur maison et leur famille.

Quand les sorciers revinrent, heureux d'avoir gagné ce combat, ils s'effondrèrent face au terrible paysage qui se dressait devant eux.

Le ciel était devenu sombre, les nuages étaient gris et il pleuvait des morceaux de cendres. Les arbres couchés au sol étaient noirs et parfois encore rouges. Il n'y avait plus un bruit, plus de chant d'oiseau, la vie dans la forêt n'existait plus, et d'ailleurs, la forêt elle-même n'existait plus. Thomas, William et Lucie arrivèrent au pied de leur château, mais il n'était plus qu'un tas de poussière dans lequel ils retrouvèrent les cadavres des membres leur famille.

Le roi Victor avait gagné la guerre et la magie fut perdue à jamais.

On raconte que rongés par la tristesse et la colère, les deux frères et la sœur se changèrent en corbeaux et que lorsqu'ils s'envolèrent, les cendres qui flottaient dans l'air vinrent se coller à leur plumage, les transformant ainsi en corbeaux gris. Plus personne ne les revit, mais quelques années plus tard, on retrouva le roi Victor mort et à côté de lui étaient posées trois plumes grises…

*

Aujourd'hui est un grand jour pour Caroline, sa vie va peut-être enfin basculer. Ce soir, avec sa troupe de théâtre *Les Belles Soirées*, ils jouent *La rose bleue*, une pièce de Robert Peter. La représentation se déroule dans le grand et somptueux palais de la Comtesse Annabelle de Fontaine-Lys. Il y a, parmi les invités, un très grand metteur en scène en recherche d'une comédienne pour son nouveau spectacle ; Monsieur Alfred de Boutengron. C'est donc ce soir ou jamais. Caroline a le rôle principal. Elle connaît son texte par cœur. Elle s'est préparée pendant des heures. Sa robe verte à la fine dorure brille de mille feux et attend le dernier moment pour être portée. Elle vient de terminer le trait noir qui fait ressortir ses yeux bleus. Sa tignasse rousse est bien tressée. Caroline est enfin prête. Caroline espère. Caroline rêve. Caroline veut quitter la troupe, changer de vie et vivre de nouvelles aventures.

Si la jeune femme le désire tant, c'est par ce qu'elle est née dans ce curieux univers qu'est le théâtre. Ses parents étaient eux aussi des comédiens. Avec un couple d'ami, Marguerite et Jean, ils fondèrent la troupe *Les Belles Soirées*. Ils voyageaient ensemble de village en village afin de proposer leurs spectacles. Les affaires marchaient bien et l'ambiance était bonne. Caroline était née sur la route et avait grandi entourée de costumes, de perruques, d'accessoires et avait comme terrain de jeu une estrade en bois. Mais ses parents tombèrent malades. À leur mort, Marguerite et Jean décidèrent de s'occuper de la petite. En grandissant elle intégra la troupe, qui, petit à petit, devint de plus en plus connue. L'estrade en bois laissa place à de vraies scènes en parquet vernis. Ils jouaient désormais dans les grandes villes, chez des familles de prestige ou encore dans des palais comme celui de la Comtesse Annabelle de Fontaine-Lys. Mais avec le succès, vint l'argent et parfois avec l'argent vient la radinerie. Marguerite et Jean s'était avec le temps durcis, aux grands désarrois de Caroline, qu'ils ne voyaient plus comme une fille adoptive, mais comme une bonne comédienne, autrement dit une bonne marchandise.

Alors ce soir, Caroline croise les doigts et souhaite énormément que cet Alfred de Boutentruc pourra enfin la libérer et faire que sa vie prenne un nouveau tourment. Caroline enfile sa jolie robe, sort de sa loge et avance sur la scène. Le rideau s'ouvre, le spectacle commence.

Un tonnerre d'applaudissement, des fleurs jetées sur scène, des spectateurs debouts qui en demandent encore, le spectacle est un grand succès. La Comtesse Annabelle de Fontaine-Lys et Alfred de Boutengron veulent voir Caroline en privée. La jeune femme est heureuse et essaie de retenir ses larmes de joie. Une fois les spectateurs remerciés par le fameux salut de la troupe, Caroline se dirige vers la suite de la Comtesse. Elle arrive devant la porte. Son cœur bat à toute vitesse. Elle observe la poignée n'osant encore la toucher. Elle est ronde, en or et sculptée de toutes petites fleurs.

C'est une belle poignée, se dit-elle. *Et c'est cette poignée qui, une fois tournée, ouvrira la porte de mon nouvel avenir.*

Caroline le sait, elle le sens, le moment est enfin venu. Pendant quelques secondes, elle ressent de la peur, comme le trac avant de monter sur scène. Elle prend un instant pour respirer, et tend la main et tourne enfin cette fichue poignée.

Quand Caroline ouvre la porte, le grand sourire qui illumine son visage se fige en quelques secondes. Étendus sur le sol se trouvent la Comtesse Annabelle de Fontaine-Lys et Alfred de Boutengron. Tous les deux sont morts et à côté d'eux se trouvent trois plumes grises…

Elle ouvre la bouche et sent qu'en elle monte un cri, le plus strident qu'elle aura jamais poussé. Lorsque soudain, une main gantée se plaque sur sa bouche. Le hurlement de Caroline sort quand même, étouffé par la poigne titanesque. Lorsqu'elle a fini de s'égosiller et que les larmes prennent le relais, une voix douce et profonde lui susurre à l'oreille :

— C'est bon, vous avez fini ?

Son esprit embrumé lui intime que sa vie est entre les mains de cet étranger, sans aucun doute possible, le meurtrier de la Comtesse et de Monsieur de Boutengron. Elle hoche doucement la tête.

L'emprise se relâche, et elle se dégage précipitamment pour se jeter à l'autre bout de la pièce, derrière un récamier, comme une souris acculée.

Le bandit est un grand homme brun vêtu d'une cape noire et d'un haut de forme, ainsi que d'un masque blanc qui lui cache le haut du visage et de gants de la même couleur. Il est rasé de frais et a les lèvres rouges. Jeune, sans aucun doute. Mi-aristocrate, mi-déguisé. L'homme porte l'index à sa bouche.

— Ne me faites pas de mal… balbutie Caroline pitoyablement.

— Certes non, jeune fille.

Sans s'occuper d'elle plus avant, il se penche sur les corps.

— Ils sont morts étouffés. Un simple sortilège de strangulation... Vicieux... soliloqua-t-il.

— Ce... N'est pas vous... Qui... ?

— Certes non.

— Mais alors... ?

L'inconnu ramasse les trois plumes et les montre à Caroline, comme si elle était supposée savoir ce dont il retournait.

— Les corbeaux gris ont beau être des criminels, vous pouvez néanmoins les remercier. De Fontaine-Lys et de Boutengron étaient des coquins de la pire engeance. Des prédateurs.

— Ils étaient... La chance de ma vie !

Le jeune a un sourire désolé.

— Nouvelle dans le show biz ?

— À ce niveau tout du moins !

— Je serais vous, je m'armerais. Au littéral comme au figuré. Une miséricorde tout du moins.

— Vous me prenez pour une...

— Certes non. Bien qu'il y en ait de très bien. Pour ces deux cadavres, en revanche... C'était encore mieux quand elles ne s'y attendaient pas.

— Quel enfer !

— Certes oui. Je serais vous, je me méfierai de mes agents.

— Mes agents ?

— Vos, comment ? Parents adoptifs ?

L'homme se lève tandis que les larmes de Caroline se remettent à couler abondamment. Elle et l'homme observent les visages bleus et les yeux vides des deux bourgeois strangulés. Aussitôt, quelqu'un frappe à la porte.

— Monsieur de Boutengron ? Madame de Fontaine-Lys ?

La voix de Jean résonne. Elle sonne servile, obséquieux même. Caroline la trouve dégoûtante. Elle sait aussitôt que l'homme au masque a raison.

L'homme glisse une main sous sa cape et en ressort une carte noire avec un nom et un numéro de téléphone en lettre dorées.

— « Victor de Sainte-Marie » ? C'est vous ?

— Certes oui.

Jean frappe à nouveau à la porte.

— Monsieur ? Madame ?

L'homme au masque ouvre grand la fenêtre. Une bouffée d'air froid s'engouffre dans le boudoir.

— Si tu as besoin d'aide... Car tu m'as l'air bien seule et bien innocente.

Il grimpe sur le rebord de la fenêtre. Bon sang ! Mais on est au troisième étage !

— Et si tu entends quoi que ce soit à propos de trois corbeaux gris... Même s'il y a peu de chance que je ne le sache déjà.

Et le bougre saute dans le vide !

Catastrophée, Caroline se précipite à la fenêtre et se mange ce qui lui semble être une volée de plumes à la figure. Quand elle rouvre les yeux, elle voit l'homme poser le pied sur le toit d'en-face, à au moins dix mètres ! Seule reste une plume noire aux reflets verts sur le rebord, qu'elle ramasse.

La porte s'ouvre.

— Bon, j'entre, Monsieur, Madame, pour vérifier que PAR TOUS LES DIEUX !

Jean venait de voir les deux corps étendus par terre. Ses yeux se posent sur Caroline.

— Mais qu'as-tu fait !

Il tombe à genoux.

— Tout cet argent, décédé !

— Ce n'est pas moi ! pleure Caroline.

Jean regarde autour de lui en se donnant l'air de chercher quelqu'un, à la fois paniqué et sarcastique.

— Qui ? QUI ?

— C'est... Les trois corbeaux...

Entre Marguerite. Aussitôt, elle hurle :

— JESUS MARIE ! Police ! POLICE!

Et elle repart en hurlant dans le couloir.

— Tu nous as mis dans de beaux draps ! sussure Jean, livide, en se levant pour courir après sa femme.

— Marguerite ! Marguerite ! Attends !

Moins d'une heure plus tard, Marguerite est interrogée par le commissaire Duchien, un grand et gros bonhomme à la moustache abondante. Caroline, assise piteusement sur un fauteuil, les yeux ternes, contemplait la plume devant les deux morts désormais recouverts d'un drap, comme si c'était son avenir qu'on avait assassiné. Sûrement, ce *Victor de Saint-Martin* ne pouvait pas avoir raison. Elle en avait eu un, d'avenir. Bien meilleur que ce qu'il prétendait.

— Et heu, avant de mourir, donc, que faisaient-ils. Est-ce que, heu, ils vous ont fait boire du thé ? Par exemple ?

Le commissaire tentait de bien faire son travail, mais c'était clairement un homme d'action.

— Non, je vous l'ai dit, je les ai trouvés comme ça.

Des bruits retentirent dans le couloir.

— Poussez-vous, flicaille !

C'était une voix féminine. Caroline pu voir qu'un agent se faisait bousculer par l'embrasure de la porte.

—La voilà, mon insigne, crétin !

L'agent se reçoit un objet en métal à la figure et une femme gigantesque entre, vêtue d'un coupe-vent et de lunettes rondes. Elle a les cheveux courts – une femme qui aurait pu être fatale si elle n'était pas aussi *fatale*.

— Commissaire Duchien.

— Inspectrice Lepotier. C'est toujours un plaisir.

— Pardonnez si je ne peux pas en dire autant. Vos hommes sont toujours aussi stupides.

— Je sais, oui, répond le commissaire avec un brin de tristesse, mais aussi soulagé qu'elle vienne prendre la relève. Damien, rendez-lui son insigne.

L'agent s'approche et lui tend craintivement son badge, avec la peur nette de s'en prendre une autre. Elle s'en empare sans le regarder.

— Qu'est-ce qu'on a ?

Le commissaire lance un gros soupir en regardant les deux corps, puis Caroline, qui lève des yeux mouillés de larmes vers la grande femme.

— Monsieur de Boutengron et Madame de Fontaine-Lys.

L'inspectrice a un sourire en coin.

— Bien joué, petite.

— Ce n'est pas…

— Elle prétend les avoir trouvés comme ç…

— Laissez-la parler, coupe aussitôt l'inspectrice.

Elle s'accroupit devant Caroline, maternelle, lui offre un mouchoir, et dit doucement :

— Raconte-moi tout.

Caroline saisit le mouchoir. Ses lèvres tremblent et deux maigres larmes roulent le long de ses joues.

— Je… C'était… Il a sauté… C'est pas moi, c'était déjà…

Le commissaire soupire sa frustration.

— Mais faites un effort petite ! Qui a sauté ? Ça n'a aucun sens ce que vous racontez !

— Duchien, c'est à vous de faire un effort, l'interrompt Lepotier. Regardez-la, c'est une artiste, elle est probablement défoncée à la poudre de fée. Comment voulez-vous que ce qu'elle raconte fasse sens ! Montrez un peu de sensibilité que diable !

Duchien se tait puis, oubliant la réprimande, refixe son attention sur Caroline en se caressant la moustache.

— Hum… C'est sûrement pour ça qu'elle a tué Boutengron et Fontaine-Lys… Tellement défoncée qu'elle s'est dit que ça serait drôle de faire ça, sans jamais penser aux conséquences…

Lepotier hoche la tête tandis que Damien applaudit le commissaire.

— Bravo commissaire, encore une enquête rondement menée !

— En effet, je dois admettre que vous avez sûrement raison, reconnaît l'inspectrice. Vous, petite crapule, rendez-moi mon mouchoir.

Caroline regarde avec horreur l'inspectrice lui arracher le mouchoir des mains. Elle n'arrive même pas à hoqueter une protestation. Que se passe-t-il ? Rien de tout ça n'a de sens. Pourquoi ne la croient-ils plus ? Caroline balaye la scène avec des yeux si révulsés d'horreur qu'ils sont maintenant secs. Elle s'arrête sur chacune de ces faces, qu'un même rictus ironique tord, et elle n'arrive pas à croire que tout ça est bien réel. Tout semblait faux. Le commissaire, l'inspectrice, ses tuteurs et même Damien, l'agent… Tous ces gens qui s'exclamaient trop fort mais ne montraient aucune émotion.

Le sang reflue du visage de Caroline et le vertige la prend. Non, ce n'est pas qu'ils ne montrent aucune émotion. Ils en montrent, mais ils les jouent. On dirait une troupe de mauvais acteurs. Est-ce que ce serait… ?

Affolée, Caroline fouille les murs et le plafond à la recherche d'un public. Le commissaire et l'inspectrice rigolent en se tapant fort dans le dos pendant que Damien applaudit en rythme. Marguerite et Jean jouent avec les bras des cadavres et les font applaudir en rythme.

Caroline bondit hors du fauteuil et se jette en arrière, dos au mur.

— Qu'est-ce qu'il se passe ?! Arrêtez cette farce !

Marguerite et Jean lâchent les membres des Fontaine-lys et de Boutengron et se penchent à hauteur de leurs oreilles décédées. On n'entend pas ce qu'ils murmurent sous les applaudissements redoublés de Damien.

Lepotier et Duchien se rapprochent doucement de Caroline, à pas lent de prédateurs aux omoplates qui roulent sous la peau. Damien se frappe maintenant la poitrine au rythme de battements écœurants.

— Ah… Caroline, Caroline, Caroline… Soyez gentille, avouez à mon cher ami le commissaire Duchien que c'est vous qui avez fait le coup…

— Oui Caroline, nous savons déjà tout. Ils avaient découvert votre secret, n'est-ce pas ? Vous n'avez pas eu d'autres choix de les tuer, hein ? De la même façon que vous avez tué vos parents, vous avez dû tuer la Comtesse et de Boutengron parce qu'ils savaient pour la magie…

— Quoi ?! Non ! Quoi ?! C'est pas moi ! Ils étaient déjà comme ça !

Lepotier et Duchien l'ont cernée et lui sourient avec beaucoup trop de dents. Marguerite et Jean continuent de s'entretenir avec les corps et Damien a accéléré le rythme. Il hurle :

— La fille des corbeaux ! La fille des corbeaux ! La fille des corbeaux !

Caroline suffoque.

— C'est… C'est une blague n'est-ce pas ? Je vous en prie, dites-moi que c'est une blague ! C'est la Comtesse de Fontaine-Lys qui voulait voir mes réactions, la gamme d'émotions que je peux montrer, c'est ça ? Il y a un public caché derrière les panneaux de bois dans les murs, hein ? Dites-moi ! DITES-MOI !

Lepotier et Duchien se redressent. Leurs traits se durcissent autour d'une même inquiétude. Damien a arrêté de se frapper et Marguerite et Jean échangent des regards préoccupés.

Caroline hyperventile. Les mains crispées à plat sur le mur derrière elle, ses yeux, qui semblent sur le point d'exploser hors de leurs orbites, ne cessent de sauter d'un visage à l'autre.

L'inspectrice Lepotier se racle la gorge.

— Mademoiselle, vous allez bien ?

Caroline n'a pas cligné des yeux depuis trop longtemps. Elle n'arrive même plus à penser qu'elle devrait cligner des yeux. Elle fixe l'inspectrice avec une telle horreur dans le regard que c'est à se demander comment cette dernière fait pour garder sa contenance.

— Mademoiselle, je peux comprendre que ça a dû être traumatisant pour vous de découvrir les corps… Malheureusement je vais avoir besoin de vous poser quelques questions. Une affaire comme celle-ci… Il faut réagir vite, vous comprenez ?

Le commissaire Duchien approuve d'un hochement de tête puis tourne la moustache vers sa collègue.

— Lepotier, peut-être emmène-la à côté… Assieds-la, fais-lui boire un thé… Je sais pas, des trucs pour les émotions, tu sais. Toi tu sais bien faire ça. Moi je vais voir si y traine pas des indices un peu ici.

L'inspectrice hoche la tête et, avec délicatesse, saisit la main de Caroline.

— Venez ma chère, nous allons nous assoir un peu à côté. Ça va aller… Venez. Ça va aller…

Caroline, en état de choc, se laisse conduire comme un automate vers la pièce adjacente. L'inspectrice la guide vers un fauteuil et, avec un mélange de fermeté professionnelle et de sensible prévenance, l'invite à s'y assoir. Elle se tourne et envoie Damien chercher du thé et une couverture.

— Et où est-ce que je vais trouver ça moi ?

Lepotier soupire, aboie à l'agent de connecter ses deux neurones et de s'y mettre, puis elle s'accroupit devant Caroline et pose ses mains sur ses genoux.

— Caroline, j'ai vraiment besoin de votre aide. Vous avez évoqué un homme qui a… « sauté », tout à l'heure. Qu'est-ce que vous vouliez dire par là ? Qui était cet homme ? Je sais que c'est incroyablement dur pour vous, mais…

Caroline, les yeux plongés dans ceux si affables de l'inspectrice, se met à douter de tout ce qui vient de se passer. Elle a arrêté de trembler. Rien de tout ça n'était réel en fait…

— C'était, je ne sais pas… Il m'a donné sa carte, regardez.

Caroline tend la carte que l'homme, Victor de Sainte-Marie, lui a donnée avant de disparaître par la fenêtre. L'inspectrice ne réagit pas. Son visage est comme figé, les yeux fixement plantés dans les siens. Caroline sent tout le sang refluait de son visage tandis que son cœur manque un battement. Plus aucun bruit ne parvient de la pièce d'à côté. On entend rien, excepté…

— Rebonsoir ma chère ! C'est moi que revoilà, de retour, le seul et l'unique, Victor de Sainte-Marie !

Caroline recule de stupeur et hoquète un petit cri.

— Ah non Caroline, entre nous, pas de ça !

— Mais qu'est-ce que vous me voulez ?!

De nouveau, le souffle court. Caroline hyperventile. L'inspectrice n'a pas bougé, mais un sourire mauvais lui déforme les lèvres.

— Qu'est-ce qui se passe ?! Qu'est-ce qui se passe !

Victor de Sainte-Marie soupire exagérément.

— Calmez-vous petite, calmez-vous. J'ai simplement lancé un petit sortilège de rien du tout… Ils sont tous figés, voilà tout !

Caroline se cramponne aux accoudoirs comme à la seule chose de tangible. Les mains de l'inspectrice appuient sur ses genoux. Elle continue de dévisager Caroline avec son horrible sourire.

— Elle a pas l'air figée ! Elle me regarde !

— Certes oui, mais ça ce sont vos yeux qui vous jouent des tours ! Vos yeux magiques…

— Quoi ?!

— Vous êtes une sorcière, Caroline. Ce que vous pensez voir est en fin de compte la réalité magique et non la réalité « réelle », si vous me permettez cette tautologie. L'expression que vous voyez maintenant sur le visage de l'inspectrice Lepotier (que je connais très bien puisqu'elle me traque depuis de nombreuses années maintenant), est son vrai visage. Elle sait que vous êtes une sorcière qui n'a pas encore révélé son plein potentiel. Tout ceci n'était qu'un leurre pour m'attraper ! Ou vous attraper, je ne sais pas.

— Quoi ? Non ! Ça n'a aucun sens ! Et qui aurait tué la Comtesse et Monsieur de Boutengron alors ?

Victor de Sainte-Marie lève les yeux si haut qu'on en voit plus que le blanc.

— Bon, taisez-vous et écoutez-moi. Je n'ai plus beaucoup de temps avant que le sortilège ne se termine. Il va falloir la jouer finement. Dites à l'inspectrice tout ce qu'elle veut savoir sur moi. Faites-leur croire que vous êtes avec eux et, le moment venu, nous frapperons !

— Quoi ? Mais qui ça « nous » ?

L'inspectrice lâche un petit ricanement et Caroline sursaute. Promptement, Victor de Sainte-Marie désigne l'autre côté de la pièce.

— Je n'ai plus le temps, regardez là-bas !

Caroline regarde là-bas. Il y a un mur. Elle se retourne vers Victor, mais il n'est plus là. Le bougre a disparu !

— Vous n'avez pas l'air dans votre assiette ma chère petite…

Caroline sursaute.

— Voulez-vous vous allonger un moment ?

L'inspectrice Lepotier la regarde, pleine de sollicitude, les lèvres en avant, le sourcil triste.

Caroline opine du chef, sa gorge aussi serrée qu'une robe de mariée sur une vieille dame à la vie dissolue. Parler lui est physiquement impossible. Et puis parler pour dire quoi ? Elle ne comprend rien à la situation. Alors un peu de repos ne sera pas de refus.

Lepotier lui indique un divan d'une main, tandis que de l'autre elle glisse la carte de Victor de Sainte-Marie dans une poche de sa veste. Le temps que Caroline se couche, l'inspectrice a déjà quitté la pièce et éteint la lumière, comme si la jeune fille n'avait déjà plus aucune importance pour elle.

Caroline ferme les yeux. Bercée par des voix agitées, celles du commissaire et de l'inspectrice, étouffées par l'épaisse porte. Les mots « Sainte Marie » et « plumes » reviennent dans cette conversation hachée. L'esprit las, la pauvre actrice s'assoupit…

Un grincement. Des gonds d'une porte qui demandent de l'huile comme la voix enrouée d'un assoiffé trahit son besoin d'eau.

Caroline entrouvre une paupière.

Du rai de lumière scindant l'obscurité de la pièce apparaît une demi-silhouette qui semble la regarder. Puis, d'un pas doux, feutré, l'ombre s'approche.

Un cliquetis. Porcelaine contre porcelaine. Un arôme. Du thé et des baies roses.

Caroline se redresse. Devant elle, Damien, l'agent de police, lui sourit avec bienveillance.

— Buvez. Ça va vous remonter.

— Mais ?

— Chut, mademoiselle. Cette petite préparation, je la tiens de ma grand-mère. Elle disait toujours : ça chasse le brouillard et ça rallume les phares. Et je crois que c'est exactement ce dont vous avez besoin non ? Chasser le brouillard…

— Merci ?

— Buvez, vous me remercierez plus tard…

Et Damien sort comme il est entré, avec délicatesse.

Caroline se redresse dans le divan puis s'étire. Elle allume une petite lampe à portée de main et une lumière chaude et tamisée vient adoucir les ombres. De la tasse posée à côté d'elle s'échappe une vapeur voluptueuse. À côté, se trouvent un petit pot de miel et un cruchon de lait de chèvre. Un véritable goûter gourmand, la pâtisserie en moins. Pourtant, Caroline ne peut s'empêcher de ressentir un doute face à ce geste amical et, a priori, désintéressé. Depuis qu'elle a quitté la scène ce soir, rien de bon ne lui est arrivé. Elle se demande bien comment sa situation pourrait empirer, tout en n'ayant aucune envie de le découvrir.

De l'autre côté de la porte, elle entend la voix du commissaire qui aboie des ordres à Damien. Alors elle repense aux mots du jeune policier.

Ni une, ni deux, elle saisit le miel et en plonge quelques doigts dans l'infusion avant de délayer le tout avec le lait de chèvre.

Soudain, une odeur si douce, si familière envahit la pièce. Elle a déjà accompli ce geste. Elle a déjà humé ce parfum. Cette sensation de confort immédiat, pareille à celle de se retrouver chez soi après un trop long voyage, la rassure et la guide.

Elle boit la potion d'une traite.

— *Ça chasse le brouillard, et ça rallume les phares ! dit une petite voix nasillarde.*

Caroline a les pieds trempés. Le froid la domine. Ses dents claquent à n'en plus finir.

— *Je t'avais dit de ne pas traverser le fleuve, petite. Mais tu n'écoutes jamais, continue la voix. La glace est peut-être épaisse, mais elle se brise sans prévenir et te voilà engloutie. Que ça te serve de leçon.*

La petite Caroline se sent morveuse, elle aurait dû écouter sa grand-mère... Comme d'habitude...

— *Heureusement que Damien était là cette fois encore.*

Damien ?

Caroline regarde autour d'elle. La pièce est remplie de bibelots divers, de vieux grimoires en piles et de poussière. Surtout de poussière. Perché sur une poutre branlante, un jeune corbeau est occupé à casser une noix de son bec d'ébène.

La vieille femme ricane tristement.

— *Tu sais petite, tes parents vont venir te reprendre... Ils veulent que tu les accompagnes. J'ai beau leur dire que c'est une très mauvaise idée, tu connais ta mère, elle ne m'écoute jamais. Vous serez seuls là-bas, dans le monde. Alors il faudra arrêter de jouer les casse-cous, mon choucas... Et ne pas attirer leur attention... Jamais...*

Là-dessus, la vieille femme se penche sur son chaudron y jette quelques feuilles séchées et sifflote un air triste.

Le même air triste qui parvient jusqu'à Caroline, la tasse chaude encore au creux des paumes. Caroline n'a plus froid, sa mâchoire est serrée. La brume qui engourdissait son esprit se dissipe peu à peu. Tout comme l'épais mystère qui voilait la clarté des évènements de la soirée. La potion qu'elle a bue contenait une décoction d'acuité ainsi qu'une infusion d'anti-magie. La science des potions de la Vieille Hilda lui revient, et c'est bon signe. Une puissante magie était donc à l'œuvre pour brouiller sa perception des évènements.

Mais qui et pourquoi ?

Caroline n'est pas sûre de vouloir le découvrir. Tout ce qu'elle sent c'est son instinct qui lui hurle le danger qui la guette dans le battement infernal de ses tempes. Il est temps d'agir. Mais pas de manière inconsidérée.

Alors lentement, la jeune femme se lève, comme si elle était encore souffrante, et elle se traîne jusqu'à la porte.

De l'autre côté, la police a fait place nette. Seuls demeurent le commissaire Duchien et Damien qui a repris son air benêt. En voyant la jeune fille émerger, l'air encore souffrante, le vieux policier vient à sa rencontre. Visiblement, il ne sait pas sur quel pied danser. À la fois agacé par l'attente et gêné par le malaise de la jeune femme. Il lui demande si ça va mieux et si elle ne voit aucun inconvénient à les accompagner au commissariat où se trouvent déjà ses beaux-parents pour une déposition en bonne et due forme. Damien interpelle son supérieur. Il est volontaire pour accompagner Caroline. Le commissaire pourra ainsi se concentrer sur la recherche d'indices et la consommation d'un petit remontant bien mérité. Le vieux bonhomme peine à cacher son soulagement et accepte un peu trop vite d'accéder à la demande du jeune policier.

Aussitôt, Damien saisit le bras de Caroline, mais sans brusquerie aucune. Il la conduit dehors et elle se laisse porter comme si ses pieds glissaient sur un sol en pente douce.

Dehors, il neige. Bizarre pour la saison. Damien s'engouffre dans le lacis des ruelles du Vieux Bourg. Au détour d'un passage tortueux et sombre il s'arrête et se plante face à Caroline. Déjà, les effets de la potion s'estompent.

— Nous avons peu de temps, dit-il en plongeant ses yeux dans le siens. Tu ne te souviens sûrement pas de moi Caroline, mais moi je ne t'ai jamais oubliée… Écoute-moi bien, tu ne dois en aucun cas te rendre au commissariat, c'est un piège. Heureusement pour nous, dans ce piège, tu n'es que l'appât… Mais il y a de fortes chances que toute cette histoire finisse avec beaucoup de dégâts collatéraux. Et tu ne dois pas en faire partie !

Damien n'a plus rien de ce jeune policier gauche qu'il était face à l'inspectrice Lepotier. Son regard est dur et franc, ses narines vibrionnent sous le coup d'une émotion violente, les lumières nocturnes donnent aux traits de son visage des angulations sévères.

Caroline ne comprend pas complètement le discours du jeune homme, mais étrangement, tout cela semble avoir du sens.

— Tu es le troisième Corbeau de notre génération, Caroline. Et un corbeau ne vit pas en cage !

Cette dernière phrase agit dans son esprit comme un éclair dans une nuit sans lune.

— C'est le nom de la chanson, s'écrie la jeune femme. La chanson que chantait ma grand-mère.

— Notre grand-mère.

Un applaudissement lent et sinistre résonne alors. Du bout de la ruelle glauque, une ombre se détache d'un mur et s'approche à pas de loup.

— Certes, oui…

— Victor !

— Victor ?

— Pardonnez mon entrée mélodramatique mais je ne résiste jamais à de tels effets. C'est mon péché mignon… Et puis cette réunion de famille, sous la neige, nimbée d'une lueur de pleine lune. Merveilleux. Poétique. Bref… J'applaudis

— Inutile de jouer avec moi, freux. Que fais-tu là ? lui demande Damien, méprisant.

— Hé bien, il m'avait semblé reconnaître ton aura autour de ce théâtre mon cher petit… Et tes apparitions se faisant rare, je n'ai pu résister à la tentation de venir vérifier par moi-même. Quelle ne fut pas ma surprise…

— De me trouver vivant ?

— Certes oui… Mais surtout d'y trouver, quelqu'un d'autre dont la trace avait été perdue voilà bien longtemps.

Caroline se sent presque indésirable et la tension entre les deux hommes n'est que trop palpable. Elle vient seulement de le remarquer mais depuis l'arrivée de Victor, des dizaines et des dizaines de corbeaux se sont réunis sur les escaliers de secours, les lampadaires et les tas d'ordures qui jonchent la ruelle. Ils guettent silencieusement la scène comme des sénateurs jugeant l'issue d'un débat.

— Finissons-en.

Les deux hommes semblent avoir parlé d'une même voix, une dernière fois, avant qu'un silence de mort ne s'abatte sur l'arène enneigée.

Les deux hommes se regardent en chien de faïence, la tension était à son comble. Caroline, terrorisée, se réfugie derrière un mur et prie pour qu'il n'y ait pas d'effusion de sang. Elle ne comprend toujours pas ce qu'il se passe. Son esprit est en proie au chaos le plus total : comment s'était-elle retrouvée au centre de tout ça?

Soudain, un crépitement sonne le début des hostilités. Damien vient de tirer en premier. La décharge magique s'écrase sur un mur invisible érigé devant Victor.

— Vous dépérissez, votre lignée décatie de corbacs grisonnants n'a plus aucune aura...

Il ne finit pas sa phrase, Damien l'interrompt, frappant le sol du pied. Une onde sismique parcourt la rue pavée, envoyant Victor au sol. Deux boules d'énergie fendent le ciel, explosant dans la lucarne d'une fenêtre dont les débris chutent sur Sainte-Marie, toujours à terre.

L'instant d'après, Damien attrape Caroline par le bras, l'entraînant sans ménagement dans le dédale de rues.

— Il va falloir que tu te souviennes de grand-mère, Caroline! Souviens-toi de ce qu'elle t'a appris!

— Mais... commence-t-elle, le souffle coupé par leur cavalcade.

— Concentre-toi!

La jeune femme remue les tréfonds de son esprit bouleversé autant que leur course effrénée le lui permet, mais rien ne revient, hormis cette phrase et cette senteur de thé.

« *ça chasse le brouillard et rallume les phares* »

ça chasse le brouillard et rallume les phrases

Les fragrances de fruits rouges.

ça chasse le brouillard...

Mamie Hilda...

... Et rallume les phares.

Elle se sentait toute proche. La lumière tamisée du salon, la maison isolée, loin de tout, la vieille Hilda au dos voûté.

Tout commençait enfin à remonter lentement mais l'ensemble sombre de nouveau lorsque Damien s'écrase violemment au sol dans un cri.

— Toujours un... Il en est toujours resté un ! gronde la voix de Victor qui n'a désormais plus rien de ses accents ampoulés habituels. Votre engeance s'est toujours perpétuée à cause d'une seule crevure qui passait aux travers des mailles de mon filet. Mais voilà que les deux survivants, un garçon faible et une profane me tombent directement dans le bec.

Victor s'approche doucement de Damien, cloué au sol par un sortilège.

— Vous qui avez toujours détesté la magie, vous semblez vous l'être étrangement appropriée, roitelet, raille Damien, la joue compressée contre les pavés.

L'intéressé s'arrête à son niveau, le dominant de sa hauteur, avant de lui flanquer un coup de talon au visage. Caroline sursaute, pétrifiée par la violence de l'instant.

— Je n'avais pas le choix si je voulais vous détruire, vous. Mais tu ne comprends pas, la magie est détestable lorsqu'elle humilie les non-initiés, comme vos aïeuls ont fait ombrage à mon règne. Aujourd'hui, je suis plus puissant que vous ne le serez jamais. Magie ou pas, cela me convient.

La comédienne a le regard rivé sur le visage ensanglanté de son parent et ne peut plus s'en détourner.

Souviens-toi, articule-t-il sur ses lèvres gonflées avant d'encaisser un nouveau coup.

Caroline tressaille.

Quelques souvenirs revenaient par brides. Le lac. Damien enfant. Ses parents.

— Tes parents auraient dû être encore plus prudents avec toi, qu'avec ton frère, asséne Victor en même temps qu'un nouveau coup dans les côtes. Ils ne m'ont donc pas pris au sérieux...

Il fallait qu'elle agisse vite mais la panique pétrifiait son esprit.

— Arrête ! s'exclame-t-elle. Si tu lui portes ne serait-ce qu'un coup de plus, jamais tu ne nous vaincras.

Victor affiche un sourire carnassier en reportant son attention sur la jeune femme qu'il avait oublié.

— Tiens donc... Il va falloir m'expliquer, petite.

Caroline prit une profonde inspiration, ignorant la mine horrifiée de Damien.

— J'ai deux enfants, un garçon et une fille...

Victor hausse les épaules, dédaigneux.

— Certes, et alors ? Le sang des corbeaux saute toujours une génération...

— Imbécile, ne crois-tu pas qu'une fois en âge de procréer, ils donneront naissance à leur tour à de puissants mages ?

Victor tique, surpris par l'aplomb de la comédienne.

— Et pourquoi tu croirais-je ? Tu n'as pas vingt ans, et tu vis seule dans ta troupe de saltimbanques...

— Ils n'étaient – Caroline baisse les yeux un instant – pas voulus. Je les ai confiés pour que cela ne pénalise pas ma carrière. Si tu nous tue, si tu nous bats, jamais tu ne sauras où ils sont. Et pour ta prochaine question : oui je préfère sauver mon frère que des enfants que je n'ai pas connu...

Victor lève les mains en signe d'apaisement.

— D'accord, d'accord.

— Libère Damien.

L'ancien roi sourit avec malveillance.

— Qui ça? Ton frère? Ou ton cousin... Sale petite menteuse.

La déflagration invoquée par Victor souffle Caroline qui vole plus loin, emportée comme une chiffe molle par une bourrasque. Elle percute un mur et s'effondre à son tour contre le pavé, perdant connaissance.

— *La magie de combat n'est pas pour les filles, sermonnait la mère de Caroline. Ma fille sera comédienne, c'est tout, Hilda. Tu n'as rien à y redire, vieille folle.*

La mine de Grand-mère était crispée lorsqu'elle revint me voir, plus tard. J'avais tout entendu depuis les escaliers. Face à mère, Hilda s'inclinait, mais jamais totalement.

— Écoute bien, ma petite, me susurra-t-elle. C'est important. Si tu es en danger un jour, pense à ce petit sort.

Mamie me montra un enchaînement à faire entre les doigts de ma main droite. Je n'étais pas bien sûre de comprendre.

Pouce-paume, pouce-annulaire, pouce-majeur, pouce-auriculaire, pouce paume.

Dans un éveil semi-conscient, les doigts de Caroline reproduisent l'enchaînement et une incroyable lumière se mit à inonder la rue. L'éclat est si puissant, qu'elle doit fermer les yeux pour ne pas perdre la vue. Elle entend alors un vrombissement, les cris torturés de Victor déchirent l'espace, puis la lumière disparaît.

Il n'y a plus que Damien, étendu au sol, le corps fumant étrangement, et un petit tas de loques gisant à côté, ainsi qu'un chapeau haut de forme, vidé de son propriétaire.

— Damien ! s'exclame-t-elle, en courant vers son cousin.

*

— Il n'est pas mort, tu le sais, n'est-ce pas ?

Caroline hoche la tête. Damien reprend.

— Je ne sais pas encore comment on peut s'en débarrasser mais la rancœur de cet homme a traversé les siècles, lui conférant une ténacité dépourvue de tout sens logique...

— Mais, Damien, que sont venus faire la Comtesse et De Boutengron dans cette histoire?

Le jeune corbeau sourit pâlement, prenant appui contre la rambarde du bateau dont le plancher vrombissait sous la force des machineries situées en dessous..

— Ils comptaient te faire du mal. Que crois-tu? Que nous nous sommes croisés par hasard? J'ai toujours veillé sur toi, laissant toujours trois plumes de corbeau çà et là dans l'espoir que tu te rappelles qui nous étions tous les trois et qui nous devons être, tous les deux. Maintenant que tu te souviens de tout, je vais pouvoir t'enseigner ce que ta mère avait stupidement refusé en bloc.

— Et Lepotier? Je veux bien croire que Duchien…

—... est juste un imbécile, je suis d'accord.

Les éclats de rire des corbeaux passèrent par-dessus bord, ricochant sur la surface ondée.

Puis Damien reprit son sérieux.

— J'avoue que je ne sais pas trop. Mais qu'elle soit une rabatteuse pour Victor ou une policière zélée se doutant de l'existence de la magie, cela n'a plus d'importance. Nous irons trop loin pour elle, seul Victor se montrera suffisamment tenace pour venir nous chercher à l'autre bout du monde.

Ce que les corbeaux gris ignorent, c'est que le sort qu'a appris Hilda à sa petite fille est une magie que l'on ne peut utiliser qu'une fois dans sa vie, mais dont la puissance était irrésistible pour ceux qui tentaient d'attenter à l'existence du jeteur de sort.

La lumière avait véritablement emporté le roi Victor de Sainte-Marie et jamais plus les corbeaux n'eurent à vivre de nouvelles atrocités.

Merci à tous les auteurs et artistes qui se sont prêtés au jeu avec beaucoup de sérieux et d'assiduité. Ce premier hors-série a été réalisé avec succès grâce à eux. C'était un exercice difficile et chronophage mais le défi a été relevé haut la main.

Si vous ne les avez pas encore découverts, allez vite retrouver leur travail dans les numéros 1 et 2 de la revue, parus en 2019.

Corrections :

L'ensemble des PARTICIPANTS

Coordination :

Lancelot SABLON

Montage :

Lancelot SABLON

Ligne Editoriale :

Lancelot SABLON

Logo : BeezkOt

Quatrième de Couverture : L'errance du Faune - BeezkOt